KB274928

설
렘

 FROM CHINA

지은이 감성현
펴낸이 안용백
펴낸곳 넥서스BOOKS

초판 1쇄 인쇄 2008년 4월 30일
초판 1쇄 발행 2008년 5월 10일

출판신고 2001년 6월 28일 제311-2002-000003호
121-840 서울시 마포구 서교동 394-2
편집 Tel (02)330-5507 Fax (02)330-5588
영업 Tel (02)330-5500 Fax (02)330-5555

ISBN 978-89-5797-314-1 03810

www.nexusbook.com

설렘

FROM CHINA

감성현 글 · 사진

넥서스BOOKS

여우비처럼 갑작스러웠다.

감성현은 글을 쓰는 작가가 아니다.
사진을 찍는 작가도 아니다.
그런 그가 '설렘'을 기획하고 준비한 건,

잘해서가 아니라, 하고 싶었기 때문이다.

'어느날 갑자기'로 시작한 원고를 보면서 그가 얄밉다.
오래전부터 치밀하게 준비해놓고,
아무렇지도 않게, '어느날 갑자기'라니….

"잘 못하는 건 창피한 게 아니야. 잘하려 하지 않는 게 창피한 거지."

넉살좋게 말하고는 있지만,
그동안 얼마나 많은 준비를 했는지 알기에
아무말 없이 안아 줄 수밖에 없다.

망설이지 않았던 그에게 '잘했다'고 말해본다.
그리고 그의 '설렘'이 많은 사람들에게 읽혀지기를 바란다.

이천팔년 또 다른 나, 김지현

Contents

Prologue

여우비처럼

끝나지 않을 것 같았던 프로젝트도 끝이 보였다.
그동안 미뤄둬야 했던 휴가를 챙겨, 주말까지 붙여 긴 휴가를 냈다.
꼭, 무얼 하려던 것도 아니었고, 내일을 위한 재충전도 아니었다.
솔직히 말해, 그냥 놀고 싶었다. 그뿐이었다.

휴가 첫날, 허리가 아파올 때까지 오랫동안 잠을 잤다.
두꺼운 커튼을 친 탓에, 아침인지 저녁인지 분간할 수 없는 시간에 일어났다.
배가 고팠다. 하지만 냉장고는 텅 비어 있었다.
아무것도 하기 싫은 무기력함이 다시 날 침대로 이끌었다.
그리고 그동안 쌓아두기만 했던 영화를 보기 시작했다.

영화는 장이백 감독이 2007년에 만든 '상하이의 밤'이었다.
그리고 갑자기 상하이에 가고 싶어졌다.

영화의 배경이었던 상하이가 너무도 달콤하고 아름답게 보였던 것이다.

여우비처럼 갑작스러운, 즉흥적인 결정이었다.
여행의 시작은 떠나기로 마음 먹는 순간부터라고 했던가.
마음은 이미 낯선 거리에서의 설렘으로 한 없이 들뜨기 시작했다.

여행을 떠날 생각을 하니 문득, 상하이뿐만 아니라 중국의 다른 곳까지 가보고 싶어졌다. 물론, 중국이란 넓은 대륙을 다 가볼 수는 없었다. 그래서 머릿속에 떠오르는 도시들을 하나씩 적어 보았다. 상하이, 베이징, 하얼빈, 하이난…. 그 넓은 대륙에서 내가 알고 있는 도시들은 그다지 많지 않았다. 게다가 커다란 중국지도를 펼쳐놓고 보니, 베이징과 상하이를 제외한 다른 도시는 거리상으로 너무 멀어, 이동만 하나 여행이 끝날 것 같았다. 선택과 함께, 포기를 해야 하는 순간이었다.

베이징에는 중국 하면 가장 먼저 떠오르는 '만리장성'과 '천안문'이 있고, 2008 올림픽이 열리는 곳이기도 하여 한 번쯤은 가보고 싶었다. 다음 이동할 도시는 베이징에서 기차로 11시간 정도 걸리는 거리에 위치하고 있는 칭다오였다. 독일 식민지의 모습이 많이 남아 있는 곳이라 하니, 동양과 서양의 문화가 한 곳에 어우러진 새로운 문화를 경험할 수 있을 것 같았다. 그리고, 상하이는 이번 여행에 불을 붙인 도시인 만큼, 빠질 수 없었다. 상하이까지 갔다면, 물의 도시 저우좡도 놓칠 순 없었다. 옛 중국의 정취가 물씬 풍기는 곳으로, 상하이에서 투어버스를 이용하면, 왕복 4시간 정도면 가볼 수 있는 거리였다.

다음 이동할 도시로 선전을 선택한 것은 순전히 그곳에서 KCR을 타고 홍콩에 들어갈 수 있다는 사실 때문이었다. 비행기가 아닌, 전철을 타고 홍콩엘 가는 것이다. 나에겐 생각지도 못 한 색다른 경험이었고, 비용면에서도 상하이에서 홍콩으로 바로 들어가는 것보다 선전을 통해 들어가는 것이 더 저렴했다. 마지막으로 홍콩에서 배를 타고 1시간이면 갈 수 있는 마카오를 놓치고 올 수는 없었다.

이로써, 베이징(북경) → 칭다오(청도) → 상하이(상해) → 저우좡 → 선전(심천) → 홍콩 → 마카오로 이동하는 '감성현의 중국투어' 코스가 완성됐다.

출국

차근히 준비할 시간도 없었지만 떠나기도 전에 이것저것 알아보고 준비하느라 녹초가 되고 싶진 않았다. 별다른 환전도 없이 현지에 가서 ATM을 이용할 생각에 신용카드 한 장만 지갑에 넣었다.

내 짐은 생각보다 간결했다. 밤새워 꼼꼼히 선곡한 천여 곡이 들어 있는 MP3 플레이어와 무라카미 하루키의 〈먼 북소리〉 한 권. 그리고 몇 벌 되지도 않는 옷과 평소 사용하던 손 익은 세면도구들이 전부였다.

공항에 도착해, 간단한 출국심사를 끝내고 활짝 열린 게이트로 향했다. 비로서 여행이 현실이 되는 순간이었다.

내일이면 난 더 이상 여기에 없다. 그것은 의미 없이 반복되던 어제와 똑같은 오늘에서 벗어남을 의미한다. 이것이 여행을 떠나게 되는 중독성 강한 이유다.

하늘은 이미 저물어 가고 있었다.
모두가 하루를 마치고 집으로 돌아가는 이 시간, 난 떠나고 있었다.

비즈니스로 떠나는 출장이 아닌 이상, 난 로밍을 좋아하지 않는다.
여행은 일상으로부터의 탈출인 셈인데, 로밍을 하면 완벽한 탈출이 이뤄지지 않기 때문이다. 물론 꼭 필요한 연락이라면 어떻게든 닿아야 하겠지만, 인터폴에 의뢰할 상황이 아닌 이상, 내게 급히 연락올 일은 0%에 가깝다.

그런 내가 로밍을 한 건 아마도 혼사 떠나는 여행이라서 그랬을 것이다. 종종 안부를 묻는 문자 정도는 받고 싶었다. 하루 일정을 마치고 숙소로 돌아와 내 안부를 묻는 문자를 확인하게 되면, 묘한 감동으로 마음이 따뜻해질 것만 같았다. 그런데, 로밍 후 내가 가장 먼저 받은 문자는 놀랍게도 외교부에서 보내온 것이었다.

'위급한 사건사고 발생 시 대사관 또는 영사 콜센터로 전화하시기 바랍니다.'

전산을 통한 자동문자라는 것을 알면서도, 새삼 나를 챙겨주는 우리나라가 있다는 사실이 마냥 든든했다. 다행히도 위급한 순간은 생기지 않아 외교부로 전화할 일은 없었지만, 다음에 또 다시 문자를 받게 된다면 꼭 한 번 답문자를 보내고 싶다.

'잘 다녀 올게요. 걱정하지 말아요. 내일 또 연락할게요.'

설렘의 시작

이렇게 하나둘씩 사라진 아이들의 모
습은 언제부터인가 더는 볼 수 없었다.
모두들 어딘가에 꽁꽁 숨어버린 건지 어지
간해선 그들의 모습을 찾아볼 수 없었다.

편안한 잠자리

짧지 않은 중국 여행 동안 여러 곳에서 잠을 청했다.
그중에서도 내가 가장 좋아했던 숙소는 '진지앙'이란 호텔이었는데, 그곳을 알게 된 건 현지인 친구가 나를 도와 숙소를 잡아주는 과정에서였다.

"숙소는 정했어?"
"아직…, 책에 나온 호텔들은 다 비싸고, 게스트하우스는 편하지 않고."
"출장 온 거래처 사람들에게 안내해주는 진지앙이란 호텔이 있는데, 아마 체인점만 해도 베이징에 40개는 넘게 있을 거야. 거기가 싸고 깨끗한데 어때?"
"싸다면 어느 정돈데? 비싸면 안 돼."
"시내에 위치한 체인점마다 가격 차이는 조금씩 있는데, 가장 싼 곳은 150위안(元) 정도 할 거야."

보통 호텔이 400~1000위안 정도 하는 것에 비하면 150위안은 무척 싼 가격이었다. 그래서 우리나라 여인숙 정도의 수준일 것 같았다. 그냥 호텔은 포기하고 내 수준에 맞는 게스트하우스로 갈까 망설이는데, 친구가 내 손을 끌고 진지앙으로 발걸음을 옮겼다.

우려와는 달리 진지앙은, 이번 여행 중에 발견한 가장 멋진 보물이었다. 먼저, 로비 카운터에서 만난 매니저는 유창한 영어를 구사하고 있었다. 솔직히 그것만으로도 난 듣지도 말하지도 못 하는 답답함에서 순식간에 자유로워질 수 있었다.(난 중국어를 하지 못한다.) 당장이라도 투숙하겠다고 하고 싶었지만, 빛 좋은 개살구는 아닌지 묵게 될 방을 둘러보고 싶었다. 매니저는 어렵지 않다면서 방긋 웃었다.

둘러본 방은 호텔이라기보다는 사무실 냄새가 나는 오피스텔 같았다. 특히, 큰 창을 통해 들어오는 밝은 햇살이 조도가 낮은 일반적인 호텔에 비해 무척 밝았는데 오히려 그 느낌이 좋았다.

뜨거운 물도 콸콸 나오고, 세면도구와 수건, 휴지의 무한 리필에 더 이상 망설일 이유가 없었다. 하지만 혹시 몰라 결제하기 전에 마지막으로 매니저를 통해 다른 체인점의 가격도 알고 싶다고 했다. 보다 싼 곳이 있을까 싶은 마음에서였다.

"체인점이라 가격이 조금씩 다르다고 하던데 더 싼 곳이 있나요?"
"지금 알아봐 드릴게요."

기분 나쁜 질문이 아니었을까 싶었는데, 매니저는 결코 미소를 잃지 않았다. 인터넷(http://www.jinjianginns.com)을 통해 각 지점별 진지앙의 전화번호를 확인한 매니저는 일일이 전화를 걸어 가격을 확인했다. 다른 곳에 위치한 진지앙이 20위안 정도 쌌지만, 무엇보다 내게 보여준 매니저의 서비스 정신에 매료되어 결국 이곳에 짐을 풀기로 했다.

"한국에서 왔군요?"
숙박 기록을 위해 내 여권을 보던 매니저가 웃으며 말한다.

"우리 호텔에 한국인은 선생님이 처음이에요. 일 때문에 오셨나요?"
"그래요? 영광이네요. 그냥 여행 온 거예요."
"혼자서요? 대단한데요. 혹시 궁금한 게 있으시면 언제든지 물어보세요."

매니저는 빈말이 아니었는지, 외출하는 나를 보면 어디를 가는지 꼭 물어봤다. 그리고는 지금 시간엔 차가 많이 밀리니 지하철이 더 좋을 거라며 가까운 지하철역을 알려주기도 하고, 가까운 거리인 경우엔 오히려 택시가 편하고 저렴할 거라며 내 주머니 사정까지 챙겨주는 친절함을 보여줬다.

가끔 외출에서 돌아오는 나와 마주치면 식사는 했는지, 혹시 아직 안 했다면 호텔에서 가깝고도 맛있는 식당들을 알려줬다. 게다가 중국어를 못하는 나를 위해 주문할 요리 이름과 주문하는 방법까지 메모지에 꼼꼼히 적어 주기까지 했다.

매니저의 계속되는 친절함은 나의 여행을 더욱 따뜻하고 즐겁게
만들어주었고, 결국, 진지앙을 사랑하는 열정 고객이 되게 했다.

사라진 아이들

그 당시 골목엔 하루 종일 괴성을 지르며 뛰어다니는 아이들,
커다란 개를 얼싸안고 대문 앞에 쪼그리고 앉아 있는 아이들,
문방구 오락기에 정신이 팔려 시간 가는 줄도 모르는 아이들,
맨바닥에 앉아 모래와 돌멩이로 소꿉놀이를 하는 아이들이 있었다.

모두가 뉘엿뉘엿 해가 저물도록 골목을 뛰놀았다. 엄마가 불러서 중간에 가
버린 아이도 있었고, 돌부리에 걸려 넘어지고는 온 동네가 떠나가라 울면서
가버린 아이도 있었다.

이렇게 하나둘씩 사라진 아이들의 모습은
언제부터인가 더는 볼 수 없었다.

모두들 어딘가에 꽁꽁 숨어버린 건지 어지간해선 그들의 모습을 찾아볼 수
없었다.

이제 골목은 너무도 조용해졌으며, 대문 밖으로 빗자루를 들고 뛰어나와 '다른 데 가서 놀아!'라며 호통치던 아줌마의 모습도 덩달아 사라졌다. 간혹 아이들의 모습을 발견하기도 하지만, 무엇이 그리 바쁜지 눈 깜짝할 사이에 어딘가로 사라져 버린다.

아이들이 사라진 후부터 내 추억도 함께 사라졌다.

하루 종일 뛰놀다 목이 마르면 아무 집 마당에 들어가 수도꼭지를 틀고 목을 축이곤 했는데, 겨울엔 흘러내린 콧물 때문에 입 언저리가 늘 부르터 있었고, 여름엔 제대로 씻지 않아 생긴 땀띠 때문에 밤새 가려움에 잠 못 이뤘는데, 아이들은 유년 시절의 내 기억도 함께 가지고 사라져 버렸다.

거리는 맛 있다

꼬치장사꾼은 영어를 하지 못했다.
건방진 여행꾼은 중국어를 하지 못했다.

건방진 여행꾼은 먹고 싶은 꼬치를 잔뜩 고르곤, 언제나 말없이 내민다.
꼬치장사꾼도 말없이 손가락을 펼쳐 가격을 말해준다.

이것이 내가 길거리 꼬치를 사먹는 방식이었다.
간혹 익숙하지 못한 셈이라 더 많은 돈을 꺼내주기도 했는데,
순박한 꼬치 장사꾼은 모른 체 가져가도 그만일 것을
제 가격의 돈만 가져가고 나머지는 다시 돌려준다.

언제나 거리엔 늦은 저녁까지 다양한 먹거리들로 맛있는 냄새가 가득했다.
그중에서 가장 즐겨 먹었던 것이 꼬치였는데 닭, 양, 돼지 등의 고기는 물론,
고추, 배추 등의 채소까지 다양하게 고를 수 있었다.
그리고 그 종류가 수십 가지나 되니 말 그대로 골라 먹는 재미가 있다.

게다가 가격도 부담 없어 호기심에 먹어보고 싶은 꼬치까지
망설임 없이 도전해볼 수 있었다.
이렇게 고른 꼬치들을 철판에 구워주는 곳도 있고,
샤브샤브처럼 매콤한 국물에 살짝 데쳐서 주는 곳도 있다.

하나의 세계, 하나의 꿈

베이징은 세계의 축제, 올림픽 준비로 하루하루가 정신없이 돌아가고 있었다. 방송에선 실사와 일러스트가 뒤섞인 올림픽 공익광고가 끝없이 흘러나왔고, 거리엔 'Beijing 2008' 로고와 올림픽 오륜 마크가 위풍당당하게 휘날리고 있었다. 베이징 올림픽의 공식 마스코트인 베이베이, 징징, 환환, 잉잉, 니니도 지하철, 버스, 택시 등에서 심심치 않게 만날 수 있었고, 모든 백화점엔 베이징 올림픽 관련 기념품을 판매하는 임시 코너가 생겨났다.

여기저기에서 끝없이 보수공사가 진행되고 있었고, 덕분에 나는 볼썽없는 미관과 공사현장에서 쏟아져 나오는 먼지와 소음에 시달려야 했다.

특히, 중국 서민의 대표적 상징이라 할 수 있는 '후통'을 외관상 좋지 않다는 이유로 철거하고 있었는데, 그 모습을 보고 있자니 타임머신을 타고 우리나라의 20년 전으로 되돌아간 듯했다.

외국인들 눈에 위생상 좋지 않게 보인다는 이유만으로 수많은 떡볶이 노점상이 강제 철거됐고, 야만인으로 비춰진다고 보신탕 집은 문을 닫든지 간판을 바꿔야 했었다. 산 동네 일대는 부리나케 재개발을 시작했고, 도로 여기저기를 들쑤셔 재포장을 했었던 서울올림픽.

가장 한국다운 모습과 문화를 수치스럽게 여겨, 감추기에 급급했던 안타까운 우리의 모습을 20년이 지난 지금, 베이징에서 다시 만나고 있었다.

영원히 지지 않을

중국의 별

천안문 광장으로 들어가기 위해선 여권이 필요하다고 했다. 최근에 천안문 광장에는 밀린 임금을 받기 위한 시위나 농업 정책의 실패로 거리에 나앉은 농민들의 시위 등, 각계각층의 다양한 시위가 자주 일어나고 있어 경비가 삼엄해져 검열 또한 평소에 비해 강도가 높은 듯했다.

하지만 아이러니하게도 나에겐 여권을 제시하라는 경찰과 군인은 한 명도 없었다. 비니 모자에 짙은 색안경을 쓰고, DSLR 카메라를 들고 있는 것만으로도 별다른 신분 검열은 하지 않아도 되는 모양이었다.

천안문 광장은 다른 곳과는 달리 약간의 긴장감이 감돌고 있었다. 지금까지는 느낄 수 없었던, 중국이 아직은 공산주의 국가임을 충분히 상기시키고 있었다. 천안문 광장을 돌아다니는 경찰과 군인은 수시로 불특정 다수를 대상으로 불시검문을 했는데, 80년대 우리나라에서도 심심치 않게 볼 수 있었던 모습을 자꾸만 떠올리게 했다.

그래서였을까? 여차하면 어디론가 끌려가지 않을까 하는 생각에 괜히 경찰이나 군인과는 마주치지 않도록 살짝 피해 다녔다. 물론 그럴 일은 없겠지만, 기분이 그런 건 어쩔 수 없었다.

경찰과 군인, 그리고 수많은 시민들이 엉켜 있는 넓디넓은 천안문 광장을 가로질러 붉은색의 천안문 가운데 위풍당당한 모습으로 걸려 있는 마오쩌둥의 커다란 초상화를 만났다. 중화인민공화국의 창립자인 마오쩌둥은 중국인에게는 신과도 같은 존재인 듯했다. 정치가의 초상화를 박물관이 아닌 일반 거리 곳곳에서 볼 수 있다는 것도 색다른 경험이었는데, 천안문 정면에 걸려 있는 마오쩌둥의 대형 초상화는 그가 중국에서 얼마나 대단한 사람인지를 다시 한번 느끼게 해주었다.

천안문에 걸려 있는 마오쩌둥의 초상화를 카메라에 담고 싶었다. 혹시 못 찍게 할까 걱정했는데 경찰도 군인도 내가 불편하지 않게 자리까지 피해주 며 편의를 제공했다. 어쩌면, 마오쩌둥은 이미 관광 상품의 하나가 되어버 린 게 아닐까 하는 생각에 왠지 씁쓸한 기분이 들었다.

천안문을 지나, 유네스코가 세계문화유산으로 지정한 고궁으로 들어갔다. 하지만 웅장할 것만 같았던 고궁은 기대와는 달리 각종 기념품을 파는 가게 가 잔뜩 들어서 있었고, 그로 인해 역사의 한가운데에 서 있다는 느낌보다 는 동네 유원지에 와 있다는 느낌이 들었다.

게다가 베이징 올림픽 때문에 고궁도 여기저기 보수공사를 하고 있어서, 아 쉽지만 다음을 기약하며 자리를 떠야 했다.

현지 투어 서비스

베이징에서 만리장성을 간다는 게 생각보다 그리 간단한 문제가 아니었다.
더욱이 나처럼 중국어 한 마디 못하면서 혼자 여행을 온 사람에게는 특히
더 그랬다. 책에는 만리장성을 보기 위해선 택시를 하루 빌리든지, 버스를
타라고 했지만, 택시는 그 비용이 만만치 않으니 내가 선택할 수 있는 방법

은 아니었고, 버스는 정류장이 어딘지 도무지 찾을 수가 없어 포기했다.

하지만 프랑스 하면 에펠탑, 이집트 하면 피라미드이듯이, 중국 하면 떠오르는 만리장성을 놓칠 순 없었다. 어떻게 해야 할지 엄두가 나지 않아 한참을 끙끙거리다 왕빠(중국 PC방)에 가서 인터넷을 뒤지기 시작했다. 하지만, 만리장성에 가는 방법 중 내 입맛에 맞는 내용도 없었지만, 정보를 얻기 위해 계속 카페에 가입을 해야 하거나 블로그 이웃이 되어야 하는 것이 슬슬 짜증스러웠다. 그래도 만리장성엔 꼭 가겠다는 일념 아래 가장 정보가 많을 것 같은 카페에 가입 신청을 했다. 하지만 '주인장의 가입 허가를 기다리세요.'라는 메시지를 보자마자 참았던 인내는 결국 무섭게 폭발하고 말았다.

호텔로 돌아와 다시 방법을 찾기 시작했다. 한참을 끙끙거리며 괴로워하고 있는데 매니저에게 물어보면 된다는 아주 기본적인 생각이 떠올랐다. 진지 앙이 관광 호텔은 아니었지만, 그래도 만리장성에 어떻게 가야 하는지 정도 는 잘 알고 있을 것 같았다.

"안녕하세요, 우리 호텔의 유일한 한국 손님. 무엇을 도와드릴까요?"
"만리장성을 가고 싶은데, 어떻게 가야 할지 모르겠어요."
"만리장성이요? 투어 서비스를 이용하는 게 가장 좋아요. 신청하시면 우리 호텔로 모시러 오고, 투어가 끝나면 다시 모셔다 주죠. 패키지라서 만리장 성만 가진 않고 몇몇 곳을 더 돌게 되는데요, 코스는 다양하니 가장 마음에 드는 코스를 선택하시면 돼요. 가격은 160위안 정도예요."

이것저것 따져봐도 매니저가 추천하는 투어 서비스는 나쁘지 않았다. 만리 장성 외에도 명13릉, 고궁, 천안문 등 웬만한 곳은 모두 투어코스에 들어 있 었다. 교통비와 식비, 입장료까지 모두 포함된 가격임에도 160위안이라니, 충분히 매력적인 상품이었다.

하지만 제공하는 서비스에 비해 너무도 저렴한 가격 때문에 망설여지는 것 도 사실이었다. 중국의 물가가 싸다고는 하지만 160위안이면 뭐 남는 게 있 을까 싶을 정도로 터무니 없이 싼 가격이었다.

어쩌면 투어버스가 터무니 없이 낡아서 종종 내려서 밀어야 하거나, 제공한 다는 식사는 생수와 빵이 전부일지도 모른다. 아니면 나와 함께 투어 서비 스를 이용하는 사람들이, 중국답게 1000명 정도가 될지도 모른다. 그건 정 말 끔찍한 일임이 분명했다.

매니저는 선뜻 투어 서비스를 신청하지 않는 날 빤히 쳐다보며 친절한 미소를 머금고 있었다. 영어가 길어질수록 머리가 아파왔지만, 좀 더 자세히 알아볼 필요가 있었다.

"좋아요. 하지만 너무 싼 가격이라 이해가 안 돼요."
"아, 솔직히 이야기하면, 투어 코스 중엔 중국의 옥이나 도자기를 만드는 곳도 견학하도록 구성되어 있어요. 그곳에서 기념품을 파는데, 거기서 이익이 생기는 거예요. 어딜 가나 이런 투어 서비스는 똑같겠지만 아무것도 사지 않아도 누구도 뭐라 할 사람은 없거든요. 물론 사고 싶은 게 꼭 있다면 사도 상관없지만 그렇지 않다면 어쩌겠어요."
"저도 전에 휴일을 이용해서 투어 서비스를 이용했었는데 기념품은 사지 않았어요. 제겐 그런 기념품보다는 최신 휴대폰이 더 간절했거든요. 아마 마지막 코스로 발 마사지를 받게 될 거예요. 마찬가지로 이것도 무료지요. 물론, 프로가 해주는 발 마사지는 아니예요. 공부하는 학생들이 실습 겸 해줘요. 누이 좋고 매부 좋고 하는 거죠. 걱정하거나 기분 나빠하진 말아요. 그냥 싸게 투어를 즐기면 되는 거예요. 당신은 한국인이잖아요. 만약 점원이 귀찮게 군다면 중국어를 못한다고 하면 그만이에요."

매니저의 친절한 설명에 난 입이 떡 하니 벌어지고 말았다. 같은 중국인이면서도 투어 회사의 상술까지 내게 낱낱이 알려주는 것도 놀라웠고, 그 설명을 내게 제대로 이해시키기 위해 모든 업무를 중단하고 무려 1시간 동안이나 설명해줬다는 것에 또 한 번 놀랐다.

"뭐가 놀라워요? 저도 낯선 곳으로 여행을 가면, 그곳에서 만난 친구들이 이보다 더 상세하게 알려주는걸요. 우린 벌써 친구잖아요. 그리고 손님 핑계를 대고 매일매일 반복되는 일에서 벗어나 조금은 쉬게 돼요."

매니저는 나에게 살짝 윙크를 하고는 해맑게 웃는다. 매니저가 보여준 따뜻한 배려가 진심으로 고마웠다.
매니저의 말대로 기념품만 안 산다면 가장 싸고 편하게 만리장성에 갈 수 있었고, 딱히 다른 방법을 찾을 길도 없어서 투어 서비스를 신청했다.

만나서 반가워
만나서 반가워
만나서 반가워
만나서 반가워

이른 새벽, 투어 서비스는 시작되었다. 투어버스에 오르니, 우려와는 달리 나를 포함해서 7명의 투어객이 전부였다. 다른 투어객은 내가 묵고 있는 호텔의 투숙객이 아니었는데, 아마도 다른 호텔에서도 이 투어 서비스를 신청할 수 있는 듯했다. 함께한 투어객은 한 명을 제외하고는 모두 나와 나이대가 비슷했다. 그리고 동양인은 나와 링공유라는 여자뿐이었다.

링공유(중국)는 캐나다에서 유학을 마치고 거기서 만난 제이미(캐나다)와 함께 중국으로 왔다고 했다. 둘은 커플이었는데, 링공유의 말에 의하면 유학생활에서 만난 제이미가 자신을 하도 쫓아다녀서 어쩔 수 없이 사귀는 거라며 장난 섞인 웃음을 지었다. 그러고 보면, 7명의 투어객은 단 한 명도 동일한 국적을 가지지 않은 다국적 팀이었다.

헤지(이스라엘)는 우리들 중에서 가장 나이가 많았고, 유일한 유부남이었으며 나만한 아들과 딸이 있다고 했다. 비즈니스로 왔다가 이틀 정도 관광 중이라고 했다. 일종의 땡땡이인 셈이었다. 그는 얼마전 어머니의 생일파티를 집에서 했는데 100명 정도의 손님이 왔었다고 한다. 집에서 했는데 100명이나 왔다니, 도대체 그의 집은 얼마나 큰지 나로서는 상상조차 할 수 없었다.

마리지(아일랜드)는 나보다 어렸지만 외모는 아저씨에 가까웠다. 그 역시 비즈니스로 왔다가 이틀 정도 관광 중이라고 했다. 그는 굉장히 빠른 영어를 구사해서 내가 마리지와 대화를 하려면 몇 번이나 되물어야 했는데, 나중에는 다른 사람들이 그의 영어를 내게 다시 영어로 통역해주는 웃지 못할 일도 생겼다.

로리타(미국)는 여자이면서도 유일한 흑인이었다. 그녀는 음악 웹사이트(www.lolitasweetmusic.com)를 운영하는 CEO라고 했는데, 나중에 한국에 돌아와 그녀가 알려준 사이트에 들어가보니 그녀는 음반까지 낸 가수였다.

마지막으로 모하메드(이란)는 두바이에 있는 관광회사에 다니고 있다고 했다. 짙은 눈썹과 부리부리한 눈매가 무섭기도 했는데, 만리장성 꼭대기에 버려진 쓰레기를 끝까지 챙겨 내려올 정도로 매우 착하고 순박한 사람이었다. 그리고 신앙 때문인지 술이랑 담배는 절대 입에도 대지 않을 만큼 자신에 대한 관리가 철저했다. 나와 동갑이라 다른 사람들에 비해 더욱 친해졌는데, 그가 그날 저녁 두바이로 돌아가는 일정만 아니었다면 우리는 하루 정도 더 함께 베이징 시내를 거닐며 좋은 시간을 보냈을지도 모른다.

순식간에 세계 곳곳의 다양한 친구들이 생겼다. 처음엔 서로 서먹해서 말도 잘 안 했지만, 링공유와 제이미를 제외하면 모두가 혼자 온 여행이기에 누가 먼저라 할 것도 없이 사진을 찍어 달라는 부탁을 시작으로, 인종과 언어를 뛰어넘어 자연스레 친해지고 있었다.

여행이 주는 즐거움 중 하나는 새로운 사람을 끊임없이 만난다는 것이다. 비록 긴 시간을 함께하진 못하더라도, 잠시나마 마음을 열고 함께 웃을 수 있다는 것은 분명 행복한 일이다. 물론, 혼자서 조용히 여행하길 원하는 사람이라면 낯선 사람의 살가운 친절이 다소 불편할 수도 있다.

하지만 혼자서 조용히 여행하길 원하는지, 수줍어서 말을 못하는 건지는 결국, 서로 대화를 나누기 전에는 모르는 일이다. 나는 여행지에서 낯선 사람들과 대화하는 데 있어서 머뭇거리는 편이 아니다. 언제나 먼저 다가가 손을 내밀고 적어도 '아는 사람'이 되고자 한다. 어떤 이유에서도 먼저 다가가 말을 건네지 않을 이유는 없는 셈이다.

나에게 여행이란

투어 서비스는 이동도 편했고, 뭘 먹을지 고민하지 않아도 좋았고, 어딜 가도 이미 모든 돈을 지불한 후라 추가로 발생하는 비용 따위를 걱정하지 않아도 되어 정말 마음이 편했다. 매니저의 말대로 몇 곳에서는 기념품을 사라고 강요당하기도 했지만, 짓궂게 보일지 몰라도 장사꾼과 은근히 신경전을 벌이며 끝내 아무것도 사지 않는 재미도 쏠쏠했다.

물론, 이런 식의 투어 서비스는 이번 한 번으로 족하다. 편하긴 했지만 내 시간을 도둑 맞고 있다는 기분을 끝내 떨쳐버릴 수 없었다. 정해놓은 장소들, 정해놓은 시간들. 하지만 여행이란 손가락으로 'V'를 만들고는 어디에 갔다 왔는지 증거 사진을 남기는 게 아니지 않은가. 내가 정해놓은 시간에 내가 가고 싶은 곳엘 가서, 내가 느끼고 싶은 감성을 느끼는 게 진정한 여행이 아닐까 싶다.

나에게 있어 '여행'이란 곧 '놀이'이다. 관광도 아니고 쇼핑도 아닌 '런던놀이', '뉴욕놀이'… 고무줄을 갖고 노는 게 고무줄놀이인 것처럼, 공기를 갖고 노는 게 공기놀이인 것처럼 '런던놀이'는 런던을 가지고 노는 것. 유명 관광지에 우르르 몰려 가서 정신없이 기념사진을 찍고 다음 장소로 이동해야 하는 깃발 가이드 관광 같은 것은 왠지 그 도시가 사람을 가지고 노는 것처럼 느껴진다. 그곳이 런던이든 파리든 낯선 곳에서도 마치 오랫동안 살았던 것처럼, 또는 그곳의 모든 것이 별 대수롭지 않은 듯이, 그렇게 편안하게 어슬렁거리다 보면 그 낯선 곳이 나에게 내밀한 속내를 드러낸다.
-배두나의 〈두나's 런던놀이〉 중에서

도쿄로 보름 정도 그곳의 유명한 곳을 자세히 안내해주는 책을 한 권 사들고 여행을 간 적이 있다. 책에 나와 있는 곳을 하나라도 더 보기 위해 아침부터 저녁까지 부지런히 돌아다녔고, 마치 증거 사진이라도 남기듯 기념 사진을 찍었다. 한국으로 돌아와서는 만나는 사람마다 그 사진들을 자랑스레 보여주며 이 많은 곳을 다 가봤다고 우쭐해 했었다. 하지만 시간이 흐를수록, 내 가슴 속에서 도쿄란 곳이 사라지는 것을 느꼈다.

난 도쿄를 사진으론 담아왔지만, 가슴에 담아오진 못했던 것이다.

아침에 일어나 자전거를 타고 등교하는 학생들과 함께 달렸다면 어땠을까?
도쿄 골목골목을 누비며, 눈에 들어오는 길거리 음식을 맛봤다면 어땠을까?
늦은 오후, 거리 공연을 하는 젊은이들과 어울려 시간을 보냈다면 어땠을까?
퇴근하는 직장인들과 함께 선술집에서 사케 한 잔을 마셨다면 어땠을까?

도쿄타워에 올라가진 못했어도, 신주쿠의 높은 빌딩숲 사이를 거닐진 못했
어도, 오다이바의 레인보우 브릿지를 만나진 못했어도, 나까미세에서 기념
품을 사진 못했어도, 도쿄는 나에게 영원히 잊혀지지 않는 추억이 되지 않
았을까?

반가원 골동품시장

나는 골동품시장 같은 벼룩시장을 좋아한다. 물건이 많아 볼거리가 많은 쇼핑센터를 돌아다니는 것도 나름 재미있지만, 한 손엔 커피를 들고 자유롭게 돌아다니며, 틈틈이 적당한 자리에 앉아 담배를 피울 수 있는 자유로운 벼룩시장이 가장 좋다.

대개는 재미있는 눈요기로 끝나는 다소 싱거운 쇼핑이 될 수도 있지만, 간혹 괜찮은 물건을 발견하면 황무지에서 금덩이를 발견한 듯한 쾌감을 느끼게 된다. 일정을 주말까지 늘리면서 베이징에 머물 수밖에 없었던 가장 큰 이유도, 다름 아닌 주말마다 열리는 베이징 최대의 반가원 골동품시장에 꼭 가보고 싶어서였다.

주말이 되자, 일찌감치 간단히 아침을 해결하고 반가원 골동품시장으로 향했다. 베이징 최대의 시장답게 반가원 골동품시장은 규모가 상당히 컸다. 물건은 커다란 석상부터 오래된 옛날 동전까지 없는 게 없어 보였다.

벼룩시장을 좋아하는 나로선 물 만난 물고기 격이었다. 이것저것 사고 싶은 건 많았지만, 앞으로 남은 여행 중 계속 들고 다닐 수는 없기에 꾹 참았다. 하지만 낡은 카메라와 알프스 소녀 하이디가 들고 다녔을 법한 진한 갈색 슈트 케이스만큼은 몇 번이나 뒤돌아보게 할 정도로 그 유혹을 떨치기가 쉽지 않았다. 결국 아쉬움을 사진 한 장으로 달래고 밀리는 사람들 속으로 미끄러지듯 걸음을 옮겼다.

그렇다고 물건을 하나도 안 산 건 아니었다. 왠지 클래식하면서도 심플한 시계가 마음에 들어 흥정을 시작했는데, 가게 주인이 계산기를 툭툭 두들기며 마지막으로 내게 보여준 가격이 150위안이었다. 하루치 호텔값과 맞

먹는 만만치 않은 가격이었지만, 이미 지름신이 내 안에 들어온 탓에 어느새 주머니에서 돈을 꺼내 건네주고 말았다. 하지만, 꼼꼼히 살피지 않고 돈부터 먼저 준 것이 화근이었다. 시계 뒷면에 커다란 흠집을 뒤늦게 발견한 것이다. 황급히 사지 않겠다고 버티기 시작했지만, 이미 중국인의 주머니에 들어간 돈을 다시 꺼내기란 쉬운 일이 아니었다. 가게 주인도 이미 팔았으니 절대로 돈을 돌려줄 수는 없다고 했다.

사정도 해보고 으름장도 놓았지만, 돈을 모두 받을 수는 없었고, 50위안으로 합의를 보고 100위안만 돌려받았다. 따지고 보면 처음부터 그 시계는 50위안인 셈이었다. 어쩌면 그보다 더 저렴한 5위안일지도 모를 일이었다. 부르는 게 값이라고는 하지만 왠지 당한 느낌이 들어 가슴 한구석에 쓸쓸한 기분이 맴돌았다.

장난감에 담긴 영혼

장난감엔 영혼이 있어.
움직일 수도 없고, 말할 수도 없지만
그 안엔 그 장난감만의 고유한 영혼이 하나씩 담겨 있는 거야.
평생 늙지도 죽지도 않아.
장난감이 불타 없어지지 않는 한 말이야.

그들은 첫 주인만을 추억하며 하루하루를 견뎌내지.
적어도 첫 주인은 자신을 무척이나 애지중지 아껴주었으니까.
몇 년 동안 다락방 먼지 가득한 상자 안에 갇혀 지내더라도,
하루 정도는 다시 주인과 만날 수 있는 행운도 있어.
물론, 그날은 자신이 영원히 버려지는 날이기도 하지.

버려진 장난감은 새로운 누군가를 사랑하진 않아.
첫 주인에 대해 잊지 못하는 깊은 사랑 때문이 아니야.
잔인하게 버려짐을 너무도 뼈저리게 경험했거든.
쓰레기통에 버려지는 것은 견딜 수 있어.
정말 견딜 수 없는 건 믿었던 사람에게서 버려졌다는 사실이야.

아무것도 할 수 없는 장남감은
누군가에게 버려지는 잔인한 아픔을
계속해서 견뎌내야 하지.
영원토록 말이야.

나…, 더 이상 누군가의 장남감이 되고 싶진 않아.

여행 친구

떠나는 내가 못내 아쉬웠는지, 파트너는 평소 내가 눈독을 들였던 인형을 '행운이 있을 거야'라며 선뜻 선물로 주었다. 인형에게 파트너의 이름을 그대로 붙이려다 두 주먹을 불끈 쥐며 '죽어~'라고 말하는 파트너의 살기에 그만둘 수밖에 없었다. 한동안 이름 없이 내 배낭에 매달려 있던 인형은 이번 여행 중, 심심함과 외로움을 견디지 못한 내가 살갑게 말을 걸기 시작하면서 이름을 갖게 되었다.

"너도 이름이 있어야 하지 않겠어?"
"널 만났던 날에 진행하던 프로젝트명이 푸딩이었으니까 푸딩으로 하자."
"배고프다. 넌 인형이라 배고프진 않겠구나."
"넌 내 배낭에 매달려 가면서 뭐가 힘들다고 그렇게 징징거려."
"아까 적어둔 메모가 어디 갔지? 가방에? 아까 두 번이나 찾아봤단 말이야."
"다른 인형들은 지퍼도 있고 주머니도 있는데 넌 그런 것도 없니?"
"너 많이 더러워졌다. 좀 씻자. 뭐야? 설마 물을 무서워하는 건 아니겠지?"
"너 씻고 나니까 덩치가 좀 줄어든 것 같은데?"
"뭐? 저 토끼가 마음에 든다고? 이봐 그렇게 헤프게 굴면 안 된다고."

 길을 걷는 중에도 끊이지 않는 푸딩과의 대화는 결국, 습관이 되어버렸다. 혼자 중얼거리며 길을 걷는 내 모습을 처음엔 의아한 눈빛으로 돌아보던 사람들도, 음악을 듣느라 귀에 꽂아둔 이어폰을 핸즈프리로 생각했는지 별일 아닌 듯 지나쳐 갔다.

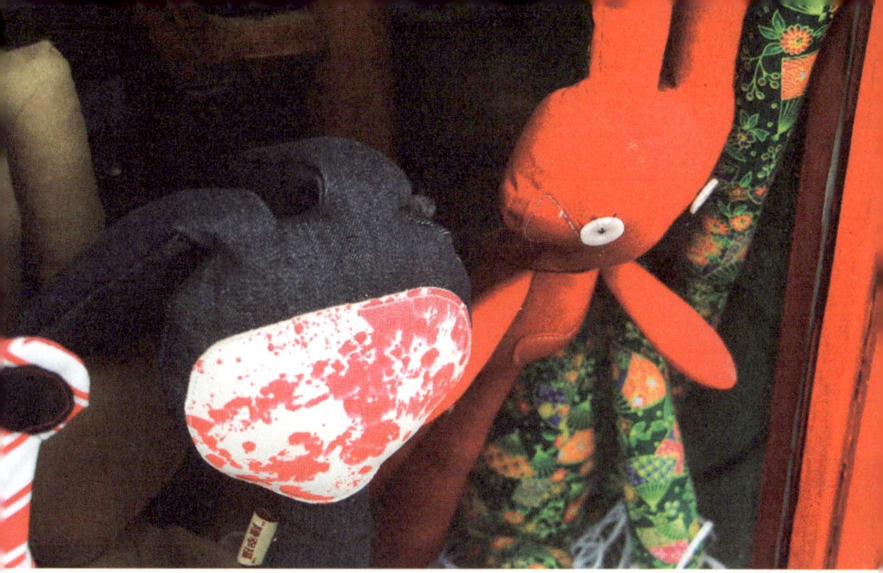

누군가를 만나면, 나의 여행친구인 푸딩을 즐겁게
소개해주곤 하는데, 백이면 백, 그들은 이해할 수 없
다는 눈빛으로 날 변태총각 보듯 했다. 비록 인형에
불과하지만 내가 처음 말을 걸기 시작하면서부터,
푸딩은 단순한 인형이 아닌 둘도 없는 멋진 여행친
구가 되었다.

감추고

싶은

얼굴

감추고 싶은 얼굴이 있습니다.
그것은 당신께 차마 보여주지 못한
내 안의 또 다른 모습입니다.

영원히 저 깊은 곳에 묻어두고픈
비밀의 얼굴입니다.

그 모습까지 사랑하겠다고 말하지만
그 모습, 보여줄 순 없어도
이렇게 말하는 이유는
나 역시 당신을 사랑하기 때문입니다.

그리고 그것은 마지막까지 당신이
모르길 바라는 비밀의 얼굴입니다.

낡은 카
메라

낡은 카메라 앞에서 걸음을 멈췄다.
왠지 끌리는 물건을 발견하면
그 자리에 서서 즐거운 상상을 한다.
이번엔 낡은 카메라가 대상이었다.

카메라는 사실은 마음을 찍는 다소 놀라운 기능을 가지고 있다.
(너무 뻔한 설정인가? 뭐 어떤가, 나만의 즐거운 상상인데)

카메라의 원래 주인은 '진쯔쉬안'이라는 매우 우유부단한 사람이었다.
밥을 먹을 때 무얼 먹을까 결정을 못해 굶기를 밥 먹듯 했고,
외출에 있어서도 어디를 먼저 가야할지 정하지 못해,
한참을 대문 앞에서만 서성이다 해가 저물기 일쑤였다.

어느 날 진쯔쉬안은 낡은 다락방을 정리하다 카메라를 발견한다.
언제부터 그곳에 있었는지 그와 함께 살고 있는 가족 누구도 알지 못했다.

진쯔쉬안은 우연치 않게 거울에 비친 자신의 모습을 찍게 되는데,
사진은 자신의 모습이 아니었다.
평소 알고 지내던 한 여자의 모습이었다.
그것은 몇 번을 다시 찍어도 마찬가지였다.

진쯔쉬안은 왜 자꾸만 그녀의 모습만 찍히는지를 고민했다.
매일 그 생각만 하던 진쯔쉬안은 점점 그녀를 사랑하게 되었다.
결국 진쯔쉬안은 그녀를 찾아가 이미 커질 대로 커진 사랑을 고백했다.
그녀는 기다렸다는 듯이 진쯔쉬안의 사랑을 받아들였다.

진쯔쉬안은 더 이상 그녀의 모습이 찍히는 카메라를 잊어버렸다.
결국, 집 앞을 지나가는 고물상 주인에게 카메라를 팔아버렸다.
사실, 카메라는 자신을 가장 사랑하는 사람을 찍어주는 마법의 카메라였다.

그리고
그 카메라는 지금 내 눈앞에 있다.

무 엇 이   옳 은   삶 인 지 ,
내가 살았던 삶이 옳았는지는 모르지만,
그래도 이런 이야기를 할 수 있어 기쁘네.
나란 사람, 그래도 참 잘 살았구나 하는.

칭다오

팝아티스트 낸시랭은 사진을 찍을 때 그녀만의 독특한 포즈가 있다. 한쪽 다리를 살짝 올리고 허공을 찌르는 손동작 모습인데, 개인적으로 무척 마음에 드는 포즈이기도 하다. 가끔 사진을 찍을 때 이 독특한 포즈를 따라하곤 하는데, 난 이것을 낸시랭 포즈라고 부른다.

바닷물에 잠기다

바닷물에 잠기다

바닷물에 잠기다

바닷물에 잠기다

바닷물에 잠기다

그날도 왠지 바다 위에 떠 있는 듯한 착시효과를 줄 수 있을 것 같은 생각에 방파제 같은 곳에 들어가 어김없이 낸시랭 포즈를 취하며 사진을 찍고 있었다. 낯선 이방인의 야릇한 포즈가 재미있어 보였는지 어느새 주위에서 사진을 찍던 사람들이 하나 둘, 랜시랭 포즈를 취하기 시작했다.

몇몇은 나에게 다가와 포즈를 어떻게 취하는지 자세히 묻기도 했다. 처음 보는 사람들과도 이렇게 쉽게 어울릴 수 있다는 사실이 못내 기뻤다. 그렇게 즐거운 시간을 보내다가 문득 정신을 차리니, 순식간에 발밑까지 바닷물이 들어온 후였다. 도시에서 태어나 도시에서만 생활했던 나는 조수간만의 차가 이렇게 빠른지 그날 처음 알았다. 그러고 보니, 방금 전까지 내 곁에서 낸시랭 포즈로 사진을 찍던 사람들 모두가 사라지고 없었다. 보아하니 그들은 이곳이 물에 완전히 잠기는 곳이라는 것을 이미 알고 있었던 모양이다. 잠깐이지만 함께 웃으며 어울렸던 사인데, 아무런 얘기도 없이 자기들끼리만 빠져나간 그들이 못내 섭섭했다.

아무튼 가만히 물에 빠져 죽을 순 없었다.

카메라를 한 손에 꽉 움켜쥐고 이미 많은 부분이 바닷물에 잠겨 좁아진 바닥을 조심하며 내달리기 시작했다. 하지만, 너무 멀리까지 나갔던 탓인지 결국 내 신발은 짜디짠 바닷물에 푹 잠기고 말았다.

멍하니 그렇게

바닷물에 흠뻑 젖은 신발을 바람에 말리며 해지는 바다를 하염없이 바라본다.
생각해보면 그동안 이렇게 여유로웠던 적이 있나 싶다.

마지막 일 분까지 최대한 이불 속에서 버티다가 마지못해 일어나던 날들.
늘 무언가에 쫓기며 시간이 어떻게 흐르는지도 모른 채 일했던 날들.
며칠씩 집에도 못 가고 회사에서 밤을 세웠던 날들.

쫓기듯 살아가고, 쫓기듯 잠이 든다.

시간은 그때나 지금이나 똑같이 흐르고 있는데,
그동안 무엇 때문에 그렇게 정신 없이 살았던 걸까?

바닷물에 흠뻑 젖은 신발이 다 마를 때까지 해지는 바다를 하염없이 바라본다.
한참을 멍하니 그렇게.

서쪽에서 해가 뜬다면

여행을 오기 전,
연극을 하는 친구가 술에 잔뜩 취해 집 앞으로 찾아온 적이 있었다.

결혼을 약속한 여자의 아버지가
'서쪽에서 해가 뜨기 전까진 결혼을 허락할 수 없다'며
반대가 심하다고 했다.
차라리 멱살을 잡고 꺼지라고 했다면 오기로라도 버텨보려고 했는데,
'애비 잘못 만나 지금껏 고생한 딸년, 더 힘들게 할 순 없다'며 우셨단다.
그 모습이 너무 안쓰러워서 결국 아무 말도 못하고 돌아왔다고 했다.
술에 취한 친구는 감정이 북받치는지, 날 붙잡고 펑펑 울어댔다.

여행을 마치고 그 친구를 만나 사진 한 장을 건네주었다.

2008년 1월 1일에 기적같이 서쪽에서 해가 떴고,
이게 그 증거라고 말해줬다.
여자의 아버지를 만나 당당히 결혼 승낙을 받으라고 했다.

아무 말 없이 건네준 사진을 보던 친구는 허탈한 미소를 지었다.
고맙지만 이젠 필요 없다고 했다.

얼마 전 아무말 없이 돌아선 친구의 모습에 실망한 여자는
앞으로는 그를 믿을 수 없다며 먼저 헤어지자 말했단다.
그도 자신의 진심을 몰라주는 여자의 모습이 실망스러워
헤어졌다고 했다.

절대로 이별하지 않을 것 같던 그들이 미련도 없이 헤어졌다고 했다.
2008년 1월 1일, 서쪽에서 해가 뜬 날이었다.

회상

살아갈 날보다 살아온 날이 더 많아지면,
지난 날들을 돌아보게 된다네.

물론, 최선을 다해 살았다고 말할 순 없네.

아무것도 하지 않고 종일 방안에 틀어박혀 좌절하기도 했고,
허황된 꿈만을 좇아 소중한 젊은 날을 허비하기도 했다네.

적당한 직장에 들어가 다달이 나오는 월급만 기다리며 살기도 했고,
그냥 남들과 다르지 않게 살려고 무의미한 노력을 했던 적도 있다네.

무엇이 옳은 삶인지,
내가 살았던 삶이 옳았는지는 모르지만,
그래도 이런 이야기를 할 수 있어 기쁘네.

나란 사람, 그래도 참 잘 살았구나 하는.

묻어버린

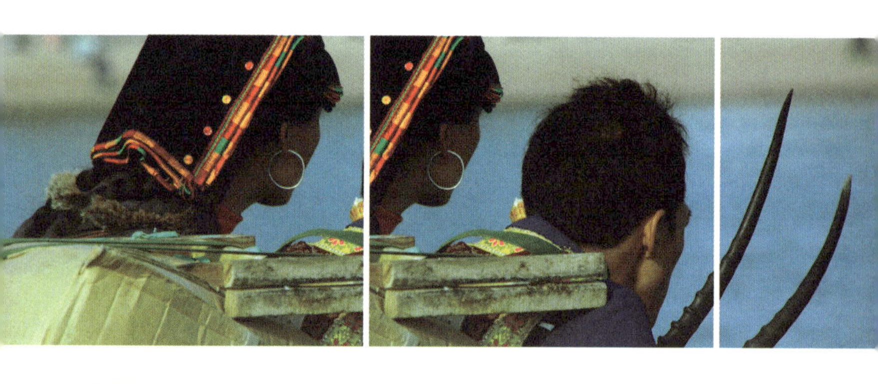

물음들

둘은,
부부일까? 남매일까?
커다란 짐 속엔 뭐가 있는 걸까?
뿔같이 생긴 건 뭘까?
어느 소수민족의 전통 의상일까?
무슨 생각을 하고 있는 걸까?
낯선 이곳엔 뭘 하러 왔을까?

하지만,
끝끝내 용기내 묻지 못하고 묻어버린 물음들.

그리고,
그들에게도 나에게도 별 의미 없는 물음들.

만두가게 아가씨

몇 시간이나 걸었던 걸까? 점점 발바닥이 아파온다.

잊고 있던 배고픔도 슬슬 밀려오기 시작할 즈음, 어디선가 담백한 냄새가 코끝을 자극한다. 그 냄새를 쫓아가니, 만두를 찌고 있는 아가씨가 눈에 들어온다. 허름해보이는 가게 안에는 각기 크기는 물론, 모양까지 다른 테이블 세 개가 놓여 있었는데, 아마도 먹고 가는 사람도 종종 있는 모양이었다.

별 다섯 개짜리 대형 레스토랑이 아닌 이상, 영어 사용이 불가능하기에 주문을 하는 것부터가 고행이지만, 대나무통 속에서 맛있게 쩌가고 있는 만두 냄새를 그냥 지나칠 수 없었다. 가게 한켠에 자리를 잡고 앉자 만두가게 아가씨가 방긋 웃으며 나를 따라 들어온다.

"만.두."

만두는 중국에서도 만두라고 부르기도 한다는 말을 얼핏 들은 것이 기억나 당당하게 '만두'라는 두 글자를 말했다. 말이 통하지 않을 땐, 필요한 단어들만 나열하는 게 최선이다. 하지만 뭐가 문제인지 만두가게 아가씨는 여전히 어색한 웃음을 지으며 날 바라볼 뿐이다.

"만두…."

다시 한 번 말해 보았지만, 전혀 알아듣지 못하는 분위기다. 만두가게 아가씨는 난처한 표정으로 주방에서 열심히 만두를 빚고 있는 만두가게 아저씨와 도대체 이 낯선 이방인이 뭐라고 하는지 상의를 하기 시작했다.

결국, 난 가게 밖으로 나와 찌고 있는 만두를 손가락으로 가리키며 '만두, 만두!'라고 반복해서 말했다. 그제야 만두가게 아가씨는 알겠다는 표정을 하고는 흐뭇하게 웃었다. 그리고는 나에게 무언가를 또 물어본다. 대충 눈치로 봐서는 '얼마나 줄까?' 라고 하는 것 같은데, 어떻게 대답을 해야 할지 몰라, 손가락 하나를 펴 보여줬다.

"일 인분."

만두가게 아가씨는 이번에도 웃을 뿐, 아무런 미동도 하지 않는다. 달랑 한 개 달라는 건 아닌 거 같은데 저 손가락 하나는 무얼 의미하는 걸까. 아마도 이런 생각을 하는 모양이었다.

그렇게 우리는 말없이 서로를 바라보고 있었다. 그리고 가끔씩 어색한 기분에 억지 웃음을 만들었다. 얼마나 그렇게 있었던 걸까?

답답한 사람이 우물을 판다고, 결국 보다 못한 만두가게 아저씨가 만두를 빚다 말고 밖으로 나가 만두 한 판을 접시에 담아온다.

그리고는 짧은 영어로 '오케이?'라고 묻는다.

"음… 오케이, 오케이."

그날 만두가게 아가씨와 아저씨는 내가 만두를 다 먹을 동안 멀
찌감치 앉아서 한참을 나를 신기한 듯 관찰했다. 아마도 이런 골
목까지 들어와 만두를 어렵게 시켜서 먹는 외국인은 지금껏 단
한 명도 없었던 모양이었다.

청도맥주

개인적으로 맥주를 너무 좋아한 나머지, 일주일 동안 일절 다른 음식은 입에도 대지 않고 맥주만 마셨던 적이 있다. 일주일 이상 마시지 못했던 건 영양실조로 쓰러지기 일보 직전이었기 때문이다.

그런 내가 청도에 왔으니 이곳에서 가장 유명한 청도맥주를 놓칠 순 없었다. 캔이나 작은 병은 가짜 청도맥주일 수 있다는 말에, 한 끼 식사에 반주로 마시기엔 다소 부담스럽긴 했지만 꼭 큰 병으로 주문해서 마셨다. 그러고는 매번 식사는 남겨도 청도맥주만은 말끔하게 비우는 주객전도 상황이 벌어지곤 했다.

음식점에서야 맥주 가격이 비쌌지만 일반적으로 동네가게에서 사게 되면 때론 생수보다 맥주가 더 싸기도 했다. 그래서 저녁식사는 길거리에서 파는 꼬치와 동네가게에서 두 병 정도의 청도맥주로 끝내기도 했는데, 나에겐 그 어떤 산해진미와도 바꿀 수 없는 즐거움이었다.

언젠가 기회가 된다면 필리핀의 산미겔, 멕시코의 코로나, 호주의 포스터스 라거, 영국의 기네스… 세계 각국의 유명한 맥주를 직접 가서 마셔보는 여행을 해보고 싶다.

오해라서 다행이야

말하지 않아도,
눈빛만으로 알 수 있는 게 사랑이라죠.
그래서 행여,
내 마음 들킬 것 같아 당신의 눈을 바라볼 수 없었죠.

하지만 말했어야 했었죠.
용기 없는 나의 침묵이 당신의 발걸음을 놓치기 전에
당신의 눈을 붙잡고 사랑한다 고백해야 했었죠.

이젠 늦었나 봐요.
처음엔 좋아하고 있는 것 같아 부담스러웠다고.
차라리 모든 게 오해라서 다행이라는 그 말.

그 말에,
나의 감정은 영원히 묻어야 하는 비밀이 돼버렸죠.

말하지 않아도,
눈빛만으로 알 수 있는 게 사랑이라는데,
당신은 장님인가 봐요.

하지만 나, 알고 있어요.
애써 오해이길 바라는 당신의 마음을.

오해라서 다행이야

쓸
다
몹
기
림

"그래서 어떻게 됐는데?"

여자는 돌아오지 않는다고 말했는데도 남자는 기다린다고 했어.
마음 편히 갈 수 있도록 해달라고 했지만 남자는 그럴 순 없었어.
언젠간 돌아올 거라는 끝없는 기다림이 차라리 나았으니까.
여자는 결국 짜증 섞인 목소리로 마음대로 하라면서 떠나버렸어.

"그 다음엔?"

남자는 여자가 떠나자 집으로 돌아가 저녁식사를 만들어 먹었어.
그리곤 친구들에게 부탁해 새로운 여자들을 만나기 시작했어.

"뭐야 그게!"

남자의 기다리겠다는 말은 떠나지 말라는 말이었던 거야.
여자가 떠나버린 이상 더 이상 기다릴 필요가 없었던 거지.
가끔 언젠간 돌아올 거라는 몹쓸 기다림이 사람을 바보로 만들지.
기다리면서 이렇게 생각하는 거야.

끝까지 기다린 남자를 본 순간 여자가 감동의 눈물을 흘리며 안길 거라는.
하지만 한 번 떠난 여자는 절대로 다시 돌아오지 않아.
그 남자는 그걸 알고 있었던 거야.

나비효과,
유충효과

나비효과(Butterfly Effect)라는 말은 들어봤을 거야. 무심코 한 작은 행동이 엄청난 파장을 일으키게 될 수도 있다는 말이지. 하지만 유충효과(Larva Effect)라는 말도 있어. 아무런 행동을 하지 않는 게 누군가에는 피해를 줄 수 있게 된다는 의미야.

누군가와 얽혀 있는 루머에 긍정도 부정도 하지 않은 채 입을 다물고 있으면 사람들은 멋대로 해석하기 시작하지. 그렇게 사람들 입에 오르내리면서 최우수 시나리오 상까지 넘볼 만큼 그 내용은 탄탄해지는 거야. 결국, 거짓은 사실이 돼버리고 결국은 그 누구도 뒤바꿀 수 없는 믿음이 돼버리지.

때론 유충효과는 사랑을 고백한 사람에게 잔인한 고통을 만들기도 해. 누군가의 고백을 받았다면 어떻게라도 확실한 답변을 해줘야 하지. 확실히 대답하지 않고 침묵을 지킨다면, 그것은 결국 희망고문이 돼버리거든.

난 아무것도 하지 않았으니 아무런 잘못이 없다고 생각하면 안 돼. 아무런 행동도 하지 않았기 때문에 문제가 생기는 유충효과도 있으니까.

하지만 이렇게 말하면서도 너의 고백에 난 아무런 말도 할 수 없어. 나도 어쩔 수 없는 연약한 사람이니까. 이대로 아무말 없이 여행을 떠나온 게 너에겐 대답이 될 수 있을까? 미안해. 어렵게 용기를 낸 너인데, 난 그 작은 용기마저 내지 못해서.

어린 시절, 어른들은 나에게 여행이란 하나라도 더 보고, 더 배
우고 와야 하는 거라고 가르쳤다. 하지만, 진정한 여행은 쉼이다.
때론 프랑스에 가서 루브르에 들르지 않아도…, 에펠탑이 보이
는 작은 카페에 앉아 느긋히 커피 한 잔을 마실 수 있다면, 그것
만으로 충분하다.

쉼

몹시 커피가 마시고 싶었다. 갓 볶은 원두로 만든 제대로 된 커피를….
그래서였을까?
카페 앨리(Cafe Alley)를 보는 순간,
인어의 노랫소리에 홀린 뱃사람처럼 그곳엘 들어갔다.

카페 앨리는 사막 한가운데서 만나는 오아시스 같은 느낌이었다.
영화 〈바그다드 카페〉처럼,
아무것도 없는 넓은 공터에 홀로 불을 밝히고 있었다.

갓 내린 따뜻한 원두 커피향이 가득하고,
끈적이는 흑인의 노랫소리가 끊이지 않고 내내 흐르는 그런 곳이었다.
그 노랫소리에 취해 따뜻한 커피를 주문하고,
잠시 여행에 지친 몸과 마음을 추스렸다.

쉼.

카페 앨리는 여행에서 가장 중요한 쉼을 선물해 주었다.

홍 반장

"이번에 또 어딜 가는데?"
"중국."
"내가 무슨 말 할지 알지?"
"무슨 일이 생기면 언제든지 연락하라고?"
"왕복 비행기 값으로 백만 원이면 충분하나?"
"그 정도면 네 번은 갔다 오겠네."

내겐, 외국으로 여행을 갈 때마다 비행기 값을 준비해두는 친구가 있다. 혹시라도 먼 타지에서 지갑이라도 도둑 맞으면 걱정하지 말고, 그곳이 어디라도 무조건 데리러 오겠다는 뜻이자, 아무런 걱정 말고 멋진 여행을 하라는 친구의 따뜻한 마음을 느끼게 해주는 배려다.

덕분에 나는 어느 나라를 가든 든든한 마음으로 여행을 한다. 실제로 안 좋은 일이 생긴다면 평생 기억하기 싫은 우울한 추억이 되긴 하겠지만, 어쨌든 친구의 위로를 받으며 한국으로 돌아오면 그만이기 때문이다.

어두운 하늘에 불빛을 쏘아 올리면 어김없이 나타나는 배트맨처럼, 혹은 어딘선가 누군가에 무슨 일이 생기면 틀림없이 나타나는 홍 반장처럼, 이번에도 친구는 나의 든든한 보험이 되어준다.

평소엔 전화를 잘 하는 편이 아니었지만, 갑자기 그 친구가 보고 싶어 전화를 걸었다. 긴 신호음 뒤에 요란한 친구의 목소리가 유쾌하게 들린다.

"어디야? 지금 당장 갈게!"

젊은 사람들은 여기에 거의 안 오거든.
왠 지 고 리 타 분 하 잖 아 .
나도 어렸을 때 할머니 손잡고 왔던 게 전부야.
어딜 가나 젊은 사람들은 똑같지 않을까 싶었는데,
넌 조금은 다른 것 같아서 물어보는 거야.

Shanghai
상하이

SHANGHAI HONGQIAO AIRPORT
B

엇갈림

상해 공항에 도착해서 C에게 전화를 걸었다. C는 아직도 공항으로 오는 중이라고 했다. 나와 같은 비행기를 타고 온 사람들 모두가 공항을 빠져나가고 나서야 C에게서 전화가 걸려 왔다.

"도착했어. 어디 있어?"
"3번 게이트."
"알았어. 거기 있어. 바로 갈게."

하지만 30분이 지나도 C의 모습은 보이지 않았다. C에게 다시 전화를 걸었다. 전화를 받자마자 C는 난처한 목소리로 오히려 내게 물었다.

"어디 있는 거야?"
"3번 게이트. 아까 그 자리에 그대로 있어."
"나도 3번 게이트인데, 널 찾을 수 없어."
"무슨 말이야? 너 어딨는 거야?"

고개를 쭈욱 빼고, 까치발까지 들어서 둘러보았지만 C는 없었다.

"사람들이 너무 많아서 널 찾을 수 없어, 손이라도 들어 봐."
"사람들? 무슨 소리야. 다들 나가고 나 혼자 남아 있는데."

순간 우린 약속이나 한 듯 입을 다물었다. 설마, 아니겠지. 그런 건 아니겠지.

"오늘이 몇 년이지?"
"1976년."
"정말?"
"거짓말이야."
"뭐야."
"장난치고 싶어하는 거 같아서. 아무래도 우린 다른 공항에 있는 것 같아."

서울에 김포공항과 인천공항이 있듯이, 상하이에는 포동공항(국내, 국외)과 홍교공항(국내)이 있다. 대부분 한국인은 인천에서 상하이로 곧장 들어가기에, C는 내가 포동공항으로 오는 줄 알았던 모양이었다. 청도에서 상하이로 이동한다고 몇 번이나 이야기했음에도 말이다. 다시 말해 C는 포동공항 게이트 3에, 나는 홍교공항 게이트 3에 있었다.

비행기가 연착하고, 약속했던 시간에 늦고, 서로 찾지 못해 헤맨 시간을 모두 합치면 거짓말 안 하고 꼭 반나절의 시간이었다. 내가 세밀하게 여행계획을 짜지 않는 이유도 이러한 변수가 늘 있기 때문이다. 물론, 귀찮아서 그러는 이유가 더 크긴 하지만 말이다.

미안한 마음에 C는 서둘러 홍교공항으로 오겠다고 했지만, 너무 늦은 시간이라 괜찮다고 했다. 내일 보자는 인사를 끝으로 전화를 끊자, 오늘밤은 어디서 자야 할지 막막했다. 하지만 여기도 사람 사는 곳인데, 내 몸 하나 누울 곳 없겠나 싶었다. 커다란 배낭을 어깨에 짊어지고 공항을 빠져나왔다.

오렌지빛 어두운 가로등 사이로 밤바람이 상쾌하게 불고 있었다. 상하이에서의 첫날은 그렇게 기분 좋은 엇갈림으로 시작되고 있었다.

24지
불가마
New Star 新星

찜질방

C와의 엇갈림으로 난 홍교공항 근처의 찜질방에서 하루를 머물러야 했다. 찜질방은 생각과는 달리 규모면에서든 서비스면에서든 우리나라의 웬만한 찜질방 못지않게 훌륭했다. 상하이에 있는 동안은 찜질방에서 생활해도 괜찮겠다는 생각이 들 정도였다.

카운터에서 안전하게 짐도 맡아주니 분실 우려도 없고, 먹는 것 때문에 고생했다면 찜질방 안에서 마음껏 한국음식을 맛보면 된다. 가장 좋은 건 하루 동안 발품을 팔아 피곤한 몸을 추스르기에도 그만이라는 점이다. 물론, 여기저기에서 코 고는 소리 때문에 짜증이 날 수도 있다. 호텔의 잠자리만큼 편하지 않은 것도 당연하다. 하지만 어차피 찜질방이 주는 여러 가지 장점에 비하면 그 정도는 문제도 아니었다.

그러고 보면, 우리나라의 찜질방 문화만큼 배낭여행꾼들에게 환영받는 숙박시설은 없지 않을까? 생각만으로도 신나는 일이다. 경비는 확 줄어들테고, 그날 쌓인 피로를 시원하게 풀기엔 찜질방만한 곳도 없지 않은가.

어디 돈 많은 부자가 작정하고 전 세계 모든 도시에 찜질방을 만들면 좋겠다. 그러면 찜질방은 전 세계에서 모여드는 배낭여행꾼들로 매일같이 인산인해를 이루게 되지 않을까 싶다. 그것은 배낭여행의 새로운 문화로 자리 잡게 되는 초석이 될 것이다. 다양한 인종의 배낭여행꾼들이 저녁이 되면 하나둘씩 찜질방으로 모여들어 함께 땀을 흘리며 서로의 여행 정보도 교환하는 모습은 생각만 해도 신나고 즐거운 일이다.

세계 곳곳에 우리나라의 찜질방 문화가 어서 빨리 정착되길 바라며, 그런 날이 온다면 난 두말 없이 하던 일을 모두 멈추고, 배낭 하나 달랑 메고 미련 없이 세계일주를 떠날 것이다.

빨래

겨울에 여행을 떠난 나에게 가장 큰 숙제는 빨래였다. 속옷이나 양말은 잠들기 전 쓱쓱 빨아서 방 한 구석에 놓아두면 금방 마르지만, 신발이나 점퍼 같은 건 쉽게 빨 수 없어서 어지간한 애물단지가 되어 갔다.

더욱이 점퍼는 하나만으로도 큰 부피를 차지하기 때문에, 여벌의 다른 점퍼를 가져올 수도 없었다. 그 덕에 여행 내내 혹시라도 점퍼에 뭐라도 쏟을까 봐 늘 신경을 써야 했고, 담배 냄새나 땀 냄새 때문에 여행 중반부터는 향수를 뿌려야 했다. 아무리 더러워도 계속되는 이동으로 인해, 마음 먹고 점퍼를 빨 수도 없었다. 게다가 입고 있던 점퍼는 드라이크리닝을 해야 하는 제품이었다. 여행을 하면서 드라이크리닝을 해야 하는 제품을 입었던 나는 정말 외계인일지도 모른다.

물론, 빨래가 스트레스만을 주었던 건 아니다. 새로운 여행지에 도착해 숙소를 정하면 가장 먼저 하는 일이 그동안 배낭 속에 쌓아뒀던 옷들을 죄다 꺼내 신나게 빠는 것이었다. 검은 땟물이 빠져나가는 빨래를 보면 무엇과도 비교할 수 없는 개운함을 느꼈다. 그렇게 모든 빨래를 끝내면, 땀과 비눗물로 범벅이 된 몸을 깨끗하게 씻고 미리 사둔 차가운 맥주를 마셨는데, 이것이 즐겁게 빨래를 하게 만드는 또 다른 이유였다.

대략 숙소를 정하면 짧게는 2일, 길게는 4일 정도 머물렀기 때문에, 다음 여행지로 떠날 즈음 모든 빨래는 뽀송뽀송하게 말랐는데, 그렇게 마른 옷들은 다음 여행지에서 입게 되는 옷들이 되고, 그전까지 입고 다녔던 옷들은 다음 여행지에서 빨게 되는 옷들이 되는 셈이다.

물론, 너무 피곤한 날이면 빨래가 마냥 귀찮기도 했는데, 그런 날이면 어김없이 '그냥 버리고 새로 하나 사자' 하는 생각이 머릿속을 가득 채웠다. 하지만 한푼이 아쉬운 나에게, 그건 분명 필요치 않은 지출이었고, 차라리 빨래가 내게 주는 즐거움을 상기하는 것이 더욱 현명한 방법이었다.

사진

난, 시간과 돈만 생기면 강박관념에 휩싸여 어디로든 떠나야 하는 여행족은 아니었다. 오히려 통장에 쌓여가는 잔고를 보며 흐뭇해 하는 전형적인 직업인이었다. 게다가 지독한 귀차니즘이 발동하면 누가 불러낼까 전화도 받지 않고 집안에서 꿈쩍도 않고 며칠씩 버티는 게으름쟁이었다. 그런 내가, 사진이란 취미가 생기면서부터 여행을 즐기기 시작했다.

여행은 여럿이 떠나면 여럿이 떠나서 재밌고, 혼자 떠나면 혼자 떠나는 맛이 있어 즐겁다. 나는 천천히 주변을 살피며, 몇 시간이라도 원하는 사진을 위해 멈출 수 있는 혼자 떠나는 여행을 더 좋아한다.

혼자 떠나는 여행은 몇 가지 불편한 사항이 있는데, 그중 가장 불편했던 것이 멋진 풍경을 만나게 되더라도 제대로 된 사진을 찍기 어렵다는 것이었다.

특히, 인물사진을 찍고 싶어지면 모델이 되어줄 친구도 없고, 내가 모델을 하더라도 누군가 날 찍어줄 사람이 없었다. 물론, 타이머를 이용해서 찍기는 했지만, 그럴 때면 누군가가 내 카메라를 들고 도망가진 않을까 싶어 자꾸만 조바심이 생겨 제대로 된 사진을 찍을 수 없었다.

카메라는 다시 사면 그만이긴 하지만, 그 안에 담겨 있는 사진들은 어떻게 할 것인가? 그렇다고 친절한 도둑이라 그 와중에 메모리 카드만 정중히 빼놓고 도망가진 않을 테니 말이다.

지금 찍지 못하면, 언제 다시 오게 될지 모르는데… 어쩌면 평생 다시는 오지 않을 순간일 수도 있다는 생각에 아쉬움은 점점 쌓여간다. 찍고 싶은 사진을 제대로 찍지 못하고 떠나야 한다는 것은 견디기 힘든 슬픔이 되기도

했지만, 미련을 남기는 것은 더욱 간절한 그리움으로 그곳을 기억하게 된다
는 것을 알기에, 아쉬움을 뒤로하고 또 다시 발걸음을 옮긴다.

돌사자

C는 지난번 공항에서의 엇갈림이 못내 미안했는지, 회사를 다니고 있음에 도 굳이 땡땡이를 치고 나오겠다며 오후 4시에 약속을 잡았다. 회사란 게 어딜 가도 그렇게 만만하지 않을 텐데…, 불안한 마음이 컸지만, 너무나 자 신 있게 말해 그러자고 했다. 아니나 다를까? 약속 시간이 훨씬 지나도 나타 나지 않던 C에게 전화가 걸려왔다. 이번에도 뭐라 할 말이 없다면서, 정말 미안한데 약속 시간을 두 시간 정도 미루자고 한다. 갑자기 찾아온 한국인 친구를 위해 애쓰는 모습이 안쓰럽기도 해서 천천히 오라고 했다.

그렇게 해서 생긴 두 시간의 자투리 시간.

여행을 하면서 이런 자투리 시간은 의외로 많이 생긴다. 대부분 교통편을 기다리는 시간이 그러하고, 지금처럼 약속이 어긋나는 경우가 그러하다. 교 통편을 기다리는 경우엔 미리 준비한 책을 읽으면서 나름 알찬 시간을 보내 는데, 지금처럼 갑작스럽게 생기는 자투리 시간은 묘한 여유로움을 준다.

나는 이런 자투리 시간을 가만히 놔두지 못하는 성격인데, 시간이 아까워서 이기도 하지만 무엇보다도 멍하니 있으면 내 자신이 세상에 필요치 않은 이 방인이 된 듯한 우울함이 밀려오기 때문이다.

다행히 상하이박물관 앞에서 만나기로 했기에 혼자 박물관을 천천히 둘러 보기로 했다. 늦춰진 약속 시간에 맞춰 천천히 둘러보다가 입구에 우뚝 서 있는 석상들에 시선이 멈췄다. 왠지 마음이 끌려, 한참을 말없이 바라보고 서 있었다. 얼마나 그곳에 멈춰 서 있었던 걸까? 어느덧 멀리서 숨을 몰아쉬 며 달려오는 C가 보였다.

"늦어서 미안, 뭐하고 있었어?"
"저 석상이 마음에 들어서 한참을 보고 있었어. 이거 무슨 동물이야?"
"사자야. 건물 입구에 주로 세우는데 화재를 막아준다고 믿어."
"한국의 해태랑 비슷하구나."
"지금 보는 저 돌사자는 암컷이게 수컷이게?"
"암수도 구분할 수 있어?"
"암컷의 발 밑엔 새끼 사자가 한 마리가 있어. 후손의 창성을 바라는
 의미야."
"수컷은?"
"수컷의 발 밑엔 공이 있어. 공은 권력을 의미하고."

C의 설명을 듣고 난 후부터는, 여행 중에 만나는 돌사자들을 유심히 보게 됐는데, 대부분의 경우 입구 오른쪽엔 수컷이, 왼쪽엔 암컷이 세워진다는 것도 알게 됐다. C의 설명이 없었다면, 웬만한 건물 입구에 세워져 있는 사자상을 매번 다분히 중국스러운 조형물 정도로만 생각하고 지나쳤을 것이다.

단순한 정보였지만 이것은 나에게 많은 즐거움을 주었다. 수시로 만나게 되는 사자상을 보면 친구를 만나듯 반가웠고, 가벼운 인사도 나누었다.

"방금 전에 저쪽에서 너희 사촌을 만났는데 안부 전해 달라더라."
"집 잘 지키고 있지? 불나지 않게 잘해."

누가 보면 이상하게 보겠지만, 그런 대화는 혼자 떠나는 여행이 주는 외로움에서 잠시 벗어나는 좋은 활력소가 된다. 가끔 다른 나라에서 온 사람들과 대화를 나눌 기회가 생기기도 했는데, 그럴 때면 돌사자에 대한 이야기는 그들에게 쉽게 다가갈 수 있는 연결 고리가 되기도 했다.

이렇듯, 무심코 지나치는 사소한 것들도 그것을 제대로 알게 되면 여행의 즐거움은 배가 되어 돌아온다. 정말 여행은 아는 만큼 더욱 즐거운 것이다.

기념 사진

예원에 있는 남상만두점은 그 인기를 말해주듯 사람들이 길게 줄을 늘어서 있었다. 대부분의 사람들은 만두를 사서 길에 앉아서 먹곤 하는데, 오랜 시간 걸었던 탓에 긴 줄 뒤에서 서서 기다릴 자신이 없었다. 이런 내 표정을 읽었는지 C는 안으로 들어가자고 한다. 안으로 들어가니 실내는 생각보다 넓었다.

그 넓은 자리에 꽤 많은 테이블이 있음에도 불구하고 쉽게 자리가 나지 않았다. 결국 그 안에서도 한참을 더 기다린 끝에 고등학생으로 보이는 동생들과 합석을 하며 자리에 앉을 수 있었다.

낯선 외국인에게 익숙하지 않은지, 그들은 계속해서 나와의 합석을 어색해 했다. 하지만 주뼛거리던 그들도 만두가 나오자 환호성을 살며시 지르며 주머니에서 카메라를 꺼내 들었다. 조금 전까지의 수줍어하던 모습은 온데간 데없고 만두를 들고 갖가지 표정을 지으면서 기념 사진을 찍는데, 그 모습이 어찌나 밝고 재밌든지 나 역시 카메라를 꺼내 그들의 그런 모습을 찍기 시작했다.

그런 내 행동을 말없이 보고 있던 한 명이 조용히 자기 앞에 있던 만두를 슬며시 내 앞으로 밀어준다. 나와 눈이 마주치자 방긋 웃으면서 손으로 사진 찍는 모양을 만든다. 편하게 사진을 찍으라는 작은 배려였다.

그 마음 씀씀이가 이뻐서 사진을 다 찍고 난 뒤 몇 살이냐고 물었는데 아쉽게도 영어를 못 한단다. 몇 번이나 내가 하는 질문에 귀를 기울이다 결국 손을 내저으며 ‘Sorry Sorry’ 하는데 그 모습도 마냥 귀여웠다. 비록 말은 통하지 않았지만, 급 친해진 우리는 서로 사진도 찍어주고 짧은 중국어로 간단히 인사도 나눴다.

그들은 동양인이면서 영어로 대화를 하는 우리를 신기하게 보면서도 영어 울렁증이 있었는지 끝끝내 우리와 말을 섞지 못했다. 많은 이야기를 나누고 싶었지만, 이번에도 아쉬움을 달래며 말 없는 미소만 나눠야 했다.

STARBUCKS C

젊은 사람

"어디 갈까?"
"좀 더 예원 안으로 들어가자."

내 말에 C는 앞장서서 걸으며 놓치지 말고 잘 따라오라고 한다. C에게 난, 성인이기보다는 어린아이마냥 잘 챙겨줘야 할 것만 같은 외국인이었다. 모처럼 받는 에스코트가 마냥 즐거웠던 나는 묵묵히 C를 따라 다녔다.

온통 화려한 전등으로 치장한 예원은 무척 아름다웠다.

"너는 이런 옛스러운 곳이 좋아?"
"중국의 전통적인 모습을 볼 수 있어서 좋잖아."
"아니, 내 말은 원래 좋아하냐고. 네가 외국인이라 이런 곳을 찾는 거 말고. 젊은 사람들은 여기에 거의 안 오거든. 왠지 고리타분하잖아. 나도 어렸을 때 할머니 손잡고 왔던 게 전부야. 어딜 가나 젊은 사람들은 똑같지 않을까 싶었는데, 넌 조금은 다른 것 같아서 물어보는 거야."

다르지 않았다. 생각해보니, 인사동엔 동동주를 마시기 위해 가본 게 전부였고, 우리나라 옛 문화를 찾아다녔던 건 학교 과제를 위해 어쩔 수 없이 가본 경복궁이 전부였다.

내 방엔 그 흔한 하회탈 열쇠고리조차 있지 않았다.

낯선 도시에 가면 반드시 대중 술집에 가는 사람이 있듯이,
낯선 도시에 가면 반드시 여자와 자는 사람이 있듯이
나는 낯선 도시에 가면 반드시 달린다.
달릴 때의 느낌을 통해서야 비로소 이해할 수 있는 일도 세상에
는 있기 때문이다.
-무라카미 하루키의 〈먼 북소리〉 중에서

재즈바에서

재즈는 자유를 느끼게 한다. 정해진 박자를 벗어나 자유롭게 연주하는 재즈가 갖는 매력은 재즈를 좋아하는 사람이라면 이미 공감하고 있는 부분이 아닐까 싶다. 특히, 여행에서 만나는 재즈는 여행이 주는 자유를 더욱 만끽하게 해주기 때문에, 난 도시로 여행을 오면 어김없이 재즈바를 찾아든다.

무라카미 하루키의 말 대로라면, 난 대중 술집에 가는 사람일 것이다. 그중에서도 재즈바를 찾아가는 사람이다. 재즈바는 처음 오는 손님에게도 단골

처럼 대해준다. 오랜 친구를 다시 찾은 기분, 그것이 내가 재즈바를 사랑하는 또 하나의 이유이기도 하다.

바(bar)에 앉아 시원한 맥주를 주문하고 무대를 바라봤다. 온몸으로 연주하고 노래하는 밴드의 모습을 보고 있으면 그 열정에 내 가슴은 자꾸만 요동친다. 언젠가 기회가 된다면 무대에 올라가 노래를 해보고 싶다. 아마도 그 무엇과도 바꿀 수 없는 카타르시스를 느낄 수 있지 않을까?

그 짜릿함을 느끼고 싶은 마음에 나는 어김없이 오늘도 재즈바에 머문다.

VISAGE

간판놀이

나에겐 '간판놀이'라는 게 있다. 처음 시작하게 된 건, 내 이름과 똑같은 동네 가게를 발견하면서부터였다. 마냥 신기해서 사진에 담곤 했는데, 그 후론 어딜 가든 주변의 간판을 꼼꼼하게 보게 됐다.

주의깊게 살펴보면, 의외로 재밌는 간판이 많다.

그날 내가 발견한 재밌는 간판은 'VISAGE'라는 카페의 간판이었다. 얼굴, 용모란 뜻의 그 단어가 왜 갑자기 '비싸지'로 읽혔던 걸까? 주변에 다른 카페들도 많아서 오히려 우리 집이 싸다고 말해도 손님이 올까 말까일 텐데, 버젓이 비싸다고 외치고 있다니! 뭔가 다른 카페에선 도저히 따라할 수 없는 비장의 무기라도 있는 것일까?

호기심에 들어가보니 대표적인 메뉴는 초콜릿 퐁듀였다. 가격은 160위안 정도였는데 하루 숙박비와 맞먹는 가격이라 간판대로 '비싸지'였다.

평소 초콜릿은 입에도 대지 않기에 별 미련 없이 나가려 했는데, 지배인이 다정히 웃으며 다가와 '왜 그냥 가시나요?'라고 묻는다. 마땅히 둘러댈 말도 없어서 솔직히 호기심에 구경하려고 들어온 거라 했다. 그 말에 친절함이 몸에 밴 지배인은 이곳은 백악관 요리사였던 사람이 운영하는 곳으로 태국, 방콕 등에서도 만날 수 있다며 묻지도 않은 설명을 한껏 늘어놓았다.

그보다는 카페 이름이 한국식으로 읽으면 '비싸지'인데, 그 의미를 알고 있는지를 묻고 싶었다. 하지만, 왠지 오랫동안 붙잡혀 지루한 설명을 들어야 하는 고통이 밀려올 것 같아 가벼운 인사를 하고 서둘러 밖으로 나왔다.

간판에 있는 얼굴이 '약 오르지' 하는 표정으로 날 내려다보고 있었다.

미안해요

여자는 한참을 쇼윈도 앞을 서성입니다.

그 모습을 바라보던 남자는 여자의 손을 따뜻하게 잡아줍니다.

여자의 시선을 따라 바라본 쇼윈도엔 너무도 예쁜 옷이 있습니다.

남자는 여자의 손을 잡고 가게 안으로 들어갑니다.

쇼윈도에 진열된 옷을 점원에게 찾아 보여 달라고 합니다.

점원은 다정한 미소로 찾아온 옷을 남자에게 건넵니다.

남자는 여자에게 입어보라고 하지만,

여자는 먼저 가격표를 힐끗 쳐다봅니다.

만만치 않은 가격입니다.

여자는 남자가 그만한 돈이 없다는 것을 잘 알고 있습니다.

여자는 꼼꼼히 옷을 살펴보기 시작합니다.

밖에서 볼 때 예뻤는데 안에서 보니 별로라고 합니다.

그리고는 서둘러 남자의 손을 끌고 밖으로 나갑니다.

"잘 어울리던데. 비싸서 그런 거지? 난 괜찮아. 자기만 좋으면 돼."

"난 처음부터 그 옆에 있는 남자 옷을 보고 있었어. 바보."

쇼윈도 앞에서 둘은 서로의 손을 꼭 잡은 채 한참을 서 있습니다.

몇 해가 바뀌고 남자는 쇼윈도 앞을 서성입니다.

얇기만 했던 지갑은 이제 얼마든지 두둑합니다.

저런 옷은 마음만 먹으면 몇 벌이라도 살 수 있습니다.

하지만, 이제 남자는 혼자 쇼윈도 앞을 서성이고 있을 뿐입니다.

열정

널 보려고 했던 것은 아니었어.
잠시 앉아서 쉬려고 앉은 자리 맞은편에 네가 있었을 뿐이야.

너의 눈빛은 매우 진지해 보였어.
무언가를 바쁘게 적어나가던 손놀림이 왠지 믿음이 갔어.
누군가를 기다리는지 가끔 고개를 들고 주위를 살피던 너는
몇 번이나 시계를 보면서도 하던 일은 결코 멈추려 하지 않았어.
그래, 넌 무척이나 야심차게 보였어.

삼십 분 정도 지났을까?
내가 세 가치의 담배를 천천히 피웠으니, 아마 정확할 거야.

커다란 서류가방을 든 말끔한 정장 차림의 두 남자가 너에게 다가와 앉았어.
서로 악수를 나누고 간단한 담소를 나누곤 곧바로 진지한 표정이 되었어.

커피를 다 마신 난 자리에서 일어났고,
한 시간 정도 다른 곳에 머물던 내가 다시 너에게 왔을 땐,
때마침 얘기가 끝났는지 너는 두 남자와 굳게 악수를 나누고 있었지.
아마도 뭔가 중요한 계약을 성사시킨 모습이었어.

나와 전혀 상관없는 너였지만,
그 순간만큼은 네게 박수를 보내고 싶었어.

이미 너의 열정을 보았으니까.

언젠가 기회가 된다면 너와 한번 일해보고 싶다는 생각이 들었어.
오늘 내가 본 열정이 그때까지 식지 않는다면 말이야.

눈이 마주치다

늦은 밤 길을 잃었다.
길을 찾으려 할수록 더 깊은 미로 속으로 빨려 들어가는 기분이었다.

얼마나 헤맸던 걸까?
가로등도 없는 어두운 길 저편에서 두 명의 남자들이 걸어오는 게 보였다.
먼 거리라서 자세히 볼 순 없었지만 왠지 험악한 인상이었다.
둘은 무슨 이야기인지 소근거리다가 갑자기 말을 멈추고 날 바라봤다.
순간, 긴장감이 감돌았다.

돌아서 왔던 길을 되돌아갈까?
아니면 차도로 뛰어들어 지나가는 차를 세워야 할까?
이런저런 생각이 머릿속을 빠르게 스쳐가고 있었지만,

내 몸은 얼어 붙은 채 그들에게로, 최면에 걸린 사람처럼 걸어가고 있었다.

조금씩 그들과의 거리가 좁혀질수록, 내 입술은 바싹바싹 타들어갔다.
드디어, 그들의 표정까지 읽을 수 있을 만큼 거리가 좁혀졌다.
여러 모로 불안감이 최고조에 달했을 때 그들과 눈이 마주쳤다.
순간 머리카락이 곤두섰다.

그런데,
눈이 마주치자 그들은 오히려 내 주위를 멀리 돌아서 지나갔다.
돌아보며 그들과 다시 한 번 눈이 마주쳤는데,
갑자기 그들은 겁에 질린 표정으로 도망치듯 뛰어가기 시작했다.

처음부터 그들이 나를 두려워하고 있었던 것이다.

상하이의 밤

와이탄엔 황홀함이 흐른다. 곳곳에서 볼 수 있는 연인들은
다정한 모습으로 한층 더 분위기를 고조시키고, 이곳을 감
싸도는 야경의 오렌지색 불빛은 나의 발걸음을 붙잡고 놓
아주질 않는다.

당신을 얼마나 사랑하는지 묻는군요.
내 마음은 진실해요.
나의 사랑도 역시 진실하죠.
달빛이 내 마음을 대신해요.

가벼운 입맞춤은 내 마음을 이미 깊은 사랑에 빠지게 하고
지금까지도 당신을 그리워하게 하네요.

당신을 얼마나 사랑하는지 묻는군요.
생각해보세요.
달빛이 내 마음을 대신하죠.

- 〈월량대표아적심〉 중에서

사람들이 모두 돌아가는 시간까지 나는 이곳을 떠나지 못
했다. 화려한 불빛만큼이나 가슴 시린 와이탄의 야경은 그
렇게 오랫동안 내 가슴에 울렸다.

낯선
거리로의
설렘

차라리 미칠 듯이 답답했다면 당장이라도 떠나 왔을 것이다.
하지만 그것은 천천히, 조금씩 가슴을 누르는 답답함이었기에
왠지 모를 그 불쾌함이 어느덧 만성이 되어 버렸다.

그래서 그러려니 하고 살았다.

막연한 낯선 거리로의 설렘은 '언젠가는 하게 되겠지' 하며
점점 현실과 멀어져 가고 있을 즈음,
불현듯 평생 미련한 미련(未練)만을 갖고 살게 될 것만 같은 생각이 들었다.
어쩌면 다시 오지 않을지도 모를 이 시간을 놓치고 싶지 않아 무작정 떠났다.

떠나고 나서야,
지금껏 내 가슴을 누르고 있던 답답함이 조금씩 풀리는 것이 느껴졌다.
밤새 비가 왔던 이른 아침에 활짝 연 창문으로 들어오는
바람보다 시원하진 않더라도,
그것은 체한 손을 딴 것처럼 오랜 시간 내 속을 조여오던 답답함을 천천히
풀어주고 있었다.

조금은 늦게 일어나더라도 상관없었다.
그로 인해 하고 싶지 않은 거짓말을 하지 않아도 됐다.
맛을 느끼기도 전에 삼켜야 했던 식사도 더 이상은 없었다. 정해진 시간 안
에 좋든 싫든 끝내야 하는 강요도 없었고,
하루를 마치고 집으로 돌아오는 길에 마시던 한 잔의 맥주는
더 이상 쓰지 않았다.

난, 지금 여행을 하고 있다.

너 는 달 랐 다 .
가게 앞에서 한참을 서 있었는데도,
넌 그저 조그만 의자에 앉아 나와는 시선도 마주치지 않고
묵묵히 공예품 만들기를 계 속 할 뿐 이 었 다 .

Z h o u z h u a n g

저우장

물의 도시

상하이에서 버스를 타고 2시간 정도 달려 도착한 저우좡은 물의 도시였다. 시간이 멈춰버린 듯한 구시가지 사이로 흐르는 운하와 그 위에 떠 있는 작은 배들이 가장 먼저 나를 반긴다. 저우좡이 마음에 들었던 건 일부러 관광지로 만들어 놓은 인위적인 느낌이 없었다는 것이다. 오히려 방치하고 있는 듯한 느낌이었는데, 그 안에서 사람들이 생활하며 살아가고 있었다. 어촌의 옛모습이 그대로 남아 있기도 했는데, 지금은 낚시보다는 관광객을 대상으로 장사를 하며 살고 있는 듯했다.

저우좡에서 이번 여행에서 처음이자 마지막인 비를 맞았다. 우산이 없어 걱정했는데, 버스에서 내리자마자 일회용 우산을 파는 요란한 할머니들에게 둘러싸였다. 우산을 팔고 있으면서도 정작 할머니들은 비를 맞고 있었다. 그 모습이 안쓰러워 생각보다 싸지 않았던 그 우산을 아무 말 없이 샀다.

고맙게도 비는 저우좡을 촉촉하게 적신 뒤 곧 멈췄다. 허공에 떠도는 공기마저도 촉촉한 저우좡은 온통 물로 가득 찬 도시였다.

시간 여행

신기했다. 골목 입구 너머로 언뜻 보이는 풍경은 어림잡아 100년이란 시간을 거슬러 올라가 있는 모습이었다. 마치 시공을 초월한 터널이 내 앞에 열려 있는 기분이었다. 그 터널을 지나면 시간을 건너갈 수 있을 것만 같았다.

다시 돌아오지 못하면 난 100년 전 사람으로 살아갈 수 있을까?

저우좡의 사람들은 순박한 웃음이 가득했다. 간혹 바가지를 씌우다 들키면, 핏대를 세우며 우기기보다는 고개를 돌리고 창피함에 웃고 마는 사람들이었다. 큰 것에 욕심부리지 않고 작은 것에 만족하며 살아가고 있는, 저우좡에서 만난 사람들은 마냥 따뜻하게만 보였다.

저우좡은 화려함도 세련됨도 없었지만, 묘하게도 아름다웠다. 무너질 것만 같은 벽면을 가득 채우고 있는 검푸른 곰팡이까지도 아름다웠다. 수로도 탁하고, 물고기가 살 것 같지도 않았지만, 모든 것은 100년을 뛰어넘은 한 폭의 그림이 되고 있었다.

그것은 정겨운 낡음이었다.

벽

벽은 많이 늙어 있었다. 긴 세월 동안 비를 막았고, 바람을 막았고, 햇볕을 막았던 벽은 이젠 제 수명을 다하고 있었다. 하지만 벽은 자신의 생이 다했다는 것을 도통 인정하려 들지 않았다.

벽은 부서지고 있었다. 온통 잔금이 가득했고, 빛 바랜 색은 우울했다. 떨어져 나간 흙더미가 지나가는 사람들에게 차이고 버려지고 있었다. 하지만 벽은 애써 모든 것을 모른 척 외면하고 있었다.

벽은 어느 날 자신 앞에 쌓여지는 새 벽돌을 본다. 사람들은 새로운 벽을 세우기 위해 천천히 시멘트를 물에 개고 있었다. 그 모습을 보면서도 벽은 자신의 마지막을 믿으려 하지 않았다.

“두렵지 않아? 죽음이라는 거.”
“죽다니! 난 여기서 몇 백 년을 살아왔어. 비가 오나 눈이 오나 단 한 번도
이곳을 벗어나지 않았어. 그동안 이 사람들을 얼마나 사랑하며 지켜왔는데,
그들이 나를 버릴 리가 없잖아. 그럴 리가 없잖아.”

벽은 이제 사라지고 그곳엔 새롭고 튼튼한 벽이 새로 세워진다. 벽은 모르고 있었다. 사람이 얼마나 잔인한지를. 작은 먼지가 된 벽은 저 넓은 세상을 떠돌아다닐 것이다. 그러다 어느날, 작은 도시에서 우연치 않게 우리 다시 만나면, 가벼운 인사만이라도 나눌 수 있기를 기대해본다.

빈자리

여행 내내 널 생각했다.
혼자 떠난 여행이었지만, 여행 내내 널 생각한 탓에 넌 계속 나와 함께였다.

나란 사람, 떨어져 지낸다는 것에 무덤덤하다고 믿었었는데,
네가 없으니 왜 이렇게 뭔가 비어진 느낌인지.

언제나 내 편이었던 사람.
늘 나의 표정을 먼저 읽고 신경 써주던 사람.
각자의 꿈을 존중해주고 서로에게 도움이 되려 했던 사람.
갑자기 너의 빈자리가 모질게 나의 가슴을 쥐어 뜯는다.

헤어지고 나면 그 사람의 가치를 알 수 있다고 했다.
그 사람이 나에게 어떤 의미였는지,
얼마나 소중한 사람이었는지 알게 된다고 했다.

돌아가면,
너는 웃으며 날 반길 것이다.
그동안 왜 연락도 없었냐며 서운해 할 것이다.
우린 내내 함께 있었는데, 넌 아무것도 기억하지 못할 것이다.

그래서 좋다.
너와 함께한다는 것이.
돌아가면 네가 늘 변함없이 그 자리에 서 있다는 것이.

여행에서 너의 빈자리를 알았고 너의 소중함을 알았다.

수줍은
소녀

아들인 내가 어머니도 여자임을 알게 된 것은 이미 다 커버린 후였다. 사랑스럽고 깜찍한 딸로 태어나, 어느덧 여인이 되어 결혼을 하고, 한 아이의 어머니가 되었을 뿐인데, 내가 세상에 태어났을 때, 나에게 어머니는 그 모든 단계를 뛰어넘은 그저 나의 어머니일 뿐이었다.

어머니 선물을 고르고 있는 나에게 직원이 색조 화장품을 권하면서 '어머니도 여자신데요.'라는 말을 할 때도 얄팍한 상술에 지나지 않는다고 생각했다.

여행 오기 전 어머니는 핸드폰을 내게 가져와서는, 사진 찍는 법을 알려 달라고 했다. 기계에 익숙하지 않은 어머니는 몇 번을 반복해서 설명해도 좀처럼 알아듣지 못했다.

"갑자기 사진은 왜요?"
"아들 여행 가는데 같이 사진 한 장 찍으려고."

바로 어머니를 안고 사진을 찍으려 하니, 잠깐만 기다리라고 하신다. 안방에 들어간 어머니는 곱게 화장을 하고 다시 나오셨다.

그 순간 무언가에 세차게 머리를 얻어 맞은 듯한 기분이었다. 어머니도 '수줍은 소녀일 뿐이구나.' 하는 마음에 한참을 웃으며 어머니를 바라봤다.

저우좡에서 만난 백발 가득한 할머니들을 만났을 때도 같은 느낌이었다. 사진을 찍고 있는 나를 발견하고 황급히 은색 접시로 얼굴을 가리고는 수줍게 웃으신다. 세수도 안 했는데 찍으면 어떡하냐고 말이다.

너는 달랐다

너는 달랐다.
가게 앞에서 한참을 서 있었는데도, 넌 그저 조그만 의자에 앉아 나오는 시선도 마주치지 않고 묵묵히 공예품 만들기를 계속할 뿐이었다. 그래서 처음엔 가게와는 상관 없는 사람인 줄로만 알았다. 물건을 고르고 주인을 찾았을 때 네가 고개를 들고 날 보기 전까진 그랬다.

얼마냐고 물었다.
넌 대답 대신 손가락을 펼쳐서 검지와 중지를 엇갈려 보여줬다. 10위안이란 의미였다. 하지만 그 손모양이 마치 내게는 팔지 않는다는 의미 같았다. 가게 안에 진열된 물건들은 팔기 위함이 아닌, 소중한 누군가에게 선물하기 위해 아껴두고 있는 듯 보였다.

왠지 몹쓸 질투심이 생겼다.
알지도 못 하는, 있지도 않은 그 누군가가 몹시도 부럽고 미웠다. 그래서 곧바로 주머니에서 10위안을 꺼내주었다. 너는 진열된 물건 중에 가장 깨끗한 것을 골라 나에게 주었다. 하지만 나는 받지 않았다. 그리곤 네가 만들고 있던 그것을 원한다고 했다.

너는 안 된다고 했다.
손을 내밀어 한사코 안 된다고 했다. 왠지 내가 아닌 다른 사람을 위해 특별히 만들고 있는 듯, 한사코 빼앗기지 않으려는 강한 거부의 손짓이었다. 억지로 빼앗다시피 만들고 있던 물건을 넘겨 받고는 돌아섰다. 아직 완성되지 않았지만, 난 물건이 아닌 순간의 시간과 감정을 사고 싶었다.

대장 고양이

골목을 어슬렁거리다 커다란 고양이와 떡 하니 마주쳤다.
고양이와 나는 적당한 거리를 유지하며 서로 주의깊게 살피기 시작했다.

"뭐야? 난 이 동네 대장이라고. 어서 꺼지지 못해?"

고양이는 발톱을 사납게 세우며 그르렁거렸다.
하지만, 나에게 그 모습은 한없이 귀엽게 느껴질 뿐이었다.
서둘러 카메라를 꺼내자
고양이는 담벼락 아래 작은 구멍으로 도망쳐 버렸다.

"뭐야? 파파라치였잖아. 옆 동네 녀석들이 날 노린다는 소문이 있던데 이
자는 염탐을 하러 온 게 분명하군. 어서 자리를 피해야겠어."

고양이의 뒷모습을 쫓아 황급히 구멍 안을 들여다 보았지만,
이미 모습을 감춰버린 뒤였다.

수로에 떠다니는 조그만 배가 타고 싶어 무작정 선착장으로 향했다. 한 명이 타든, 여러 명이 타든 한 배에 60위안이라고 했다. 현장에서 급히 팀을만들고 있는 일본인 아주머니들을 발견하고 은근슬쩍 옆에 섰더니, 다행히도 그 무리에 끼워줬다.

우리를 태운 배가 수로를 따라 부드럽게 흘러가자, 일본인 아주머니 한 명이 내게 관심을 보이며 말을 걸어왔다.

"어디에서 왔어요?"
"한국이요."
한국이라는 말을 듣자 일본인 아주머니들의 눈동자가 한꺼번에 반짝반짝

빛난다. 혹시나 했더니 역시나 한국 드라마를 즐겨본다며 '욘사마'의 열렬한 팬이라고 했다. 그리고는 서투른 한국 발음으로 '안녕하세요. 반갑습니다.'라며 내게 정식으로 인사를 했다. 답례로 '明(あ)けまして おめでとうございます. 새해 복 많이 받으세요.'라고 말하니 'すごい! 대단해요!'라며 과장된 칭찬을 해준다.

우리를 태운 배는 저우좡의 곳곳을 부드럽게 흘러가고 있었다. 가끔 다른 배의 뱃사공이 부르는 노랫소리가 들려왔는데, 마치 중국 영화 속 주인공이 된 듯한 기분이 들었다. 그 순간만큼은 중국, 일본 그리고 한국이 즐겁게 웃으며 공존하고 있었다.

공항에서　바라보는　하늘은
내 방에서 바라보는 하늘과 같지만 달라.
곧 하늘 위로 날아오른다는 생각만으로도 가슴이 벅차오르거든.
그건 상상이 현실이 되는 순간이라는 말이기도 해.

고마워

간단한 인사말조차 모르고 방문한 버릇 없는 이방인에게
끝까지 웃으며 친절히 길을 알려준 모든 행인들에게.

칠흑같이 어두운 밤 무수히 많은 골목을 기웃거렸던 나를
철저히 무시하고 지나쳐준 모든 좀도둑들에게.

낯선 돈이 익숙치 않아 주머니 속 모든 돈을 꺼내 내미는 건방진 손님에게
솔직한 값만을 일일이 세어서 가져간 모든 상인들에게.

주소 하나 달랑 적힌 쪽지만을 내밀고 굳게 입을 다문 어이 없는 승객에게
손짓 발짓 다해가며 끝까지 안전하게 데려다 줬던 모든 운전기사들에게.

진심으로 하고 싶은 말이 있어.
고.마.워.

같지만 다른

하늘을 바라보는 건 참 좋아.
무한한 상상의 나래를 펼칠 수 있거든.
해가 저물 때 붉게 타오르다 순식간에 깜깜해지는 변화 무쌍한 모습도 좋고,
갖가지 모양의 구름이 떠다니는 모습은 몇 시간을 바라봐도 지겹지 않거든.

하늘을 바라보기 시작한 건,
미야자키 하야오의 〈천공의 성 라퓨타〉를 보면서부터였어.
한동안 혹시나 하늘에서 내려올지 모를 한 여자를 기다리기 시작했지.
그리고 혹시, 천공의 성 라퓨타를 발견할 수 있지 않을까 싶기도 했고.

내 방엔 커다란 창이 있어.
벽면 하나를 모두 뚫어서 만든 정말 커다란 창이야.
난 매일 이 창을 통해 하늘을 바라보면서 행복한 상상을 펼치곤 해.

하지만, 공항에서 바라보는 하늘은
내 방에서 바라보는 하늘과 같지만 달라.

곧 하늘 위로 날아오른다는 생각만으로도 가슴이 벅차오르거든.
그건 상상이 현실이 되는 순간이라는 말이기도 해.

가끔 꼭 어딜 떠날 것도 아닌데,
누군가를 마중 나가는 것도 아닌데,
공항에 가서 하늘을 바라보곤 해.

그곳에서 바라보는 하늘은 여느 하늘과 같지만 달라.

시간을 되돌리고 싶다는 생각은 더 이상 하지 않기로 했다. 현실에선 절대로 이뤄질 수 없는 바람을 버리고 오히려 후회되는 일들을 내 머릿속에서 깨끗하게 지워버리는 능력을 키웠다.

한동안 꾸지 못했던 꿈을 다시 꾸기 시작한 것도 그 무렵이었다. 시간을 되돌리고 싶다는 생각을 버리고 그동안 해내고 싶었던 일들의 목록을 적기 시작했다. 먹고는 살아야 하지 않겠냐는 반문과 흔들림이 끝임없이 되살아났지만, 더 이상 후회하며 살아가진 않기로 했다.

결국은 꿈을 버리고 현실과 타협을 한 건지, 꿈을 향해 계속 달려가고 있는지는 잘 모르겠다. 다만 더 이상은 아주 사소한 것도 후회하지 않겠다. 그럴 수 있는 건 '시간은 절대로 되돌릴 수 없다'는 진실을 마음으로 받아들였기 때문이다. 이제서야 받아들인 그 진실이 가슴 아프지만, 지금이라도 늦지 않았음을 감사한다.

난 지금, 모든 것을 멈춘 채 여행을 하고 있다.

되돌릴 수
없는

7시 22분

이른 아침, 갓 구어낸 빵을 먹고 싶어 거리로 나온다. 밤새 어둠을 밝혔을 가로등이 하나 둘씩 잠들기 시작한 거리에 빵과 함께 따뜻한 커피를 사들고 나온 시간은 7시22분.

거리는 하루를 준비하는 사람들로 금세 붐비기 시작한다. 어딜 가든 사람들 사는 모습은 똑같은 것 같다. 숙제를 깜박한 학생은 선생님께 혼나지 않을까 미리부터 걱정을 하고, 미처 끝내지 못한 일이 남아 있는 직장인은 조금이라도 서둘러 직장으로 향한다. 오늘은 손님이 좀 있을까 하는 조그만 희망을 안고 가게를 열고 문앞을 청소하는 사람들이 보인다. 한가롭게 보였던 도로는 갑자기 쏟아져 나온 차들로 벌써부터 요란하다.

똑같은 7시 22분인데도 저녁이 되면 얘기는 달라진다. 잠들었던 가로등이 하나 둘씩 켜지면 거리엔 하루를 마감하는 사람들이 녹초가 된 몸으로 집으로 돌아간다. 데이트를 하기 위해 한껏 치장한 연인들은 자신의 반쪽을 만나 꼬옥 안아주기 바쁘다. 하루 동안 스트레스를 받은 사람들이 삼삼오오 짝을 지어 술집으로 들어간다.

내가 살던 그곳도 다르지 않은 하루가 반복되고 있겠지. 언젠가 돌아가면 나도 똑같은 삶을 다시 반복하며 살아가겠지. 변한 건 아무것도 없겠지.

7시 22분. 어딜 가나 사람 사는 모습은 똑같다.

도전

어디를 가도 음식 때문에 고생하진 않는 편인데도 중국 음식만은 신중하게 선택하게 된다. 바로, 도저히 적응 안 되는 향채 때문이다.

간혹 향채가 들어간 음식을 모르고 먹기라도 하면 어린아이가 쓴 약을 입에 넣자마자 내뱉듯이 나 역시도 그 자리에서 뱉어낸다. 몇 번 향채에게 골탕을 먹은 뒤론 아무리 배가 고파도 덥석 삼키기가 두렵다.

맘껏 먹을 수 없는 슬픔은 무엇에도 비교할 수 없는 큰 고통이다. 여행의 숨겨진 진짜 즐거움은 바로 먹거리에 있는데 말이다. 물론, 이곳에서도 한국 음식만을 찾아다닌다면 간단히 해결되는 문제이긴 하다. 하지만, 그럼 제대로 여행을 했다고 할 수 없지 않은가?

반대로 간혹 입맛에 딱 맞는 음식을 발견하기도 하는데, 그럴 때면 어린아이처럼 기쁨에 펄쩍펄쩍 뛰어다닌다. 아무튼, 이래저래 오늘도 난 새로운 중국 음식을 시키곤 잔뜩 긴장한 모습으로 조심스럽게 한 입 떠 먹어본다.

감성고양이와 낭만로보트

감성고양이 : 너도 먹을 것을 찾고 있니?
낭만로보트 : 난 먹지 않아도 괜찮아. 로보트거든.

감성고양이 : 그럼, 이 시간에 여긴 왜 있는 거야?
낭만로보트 : 내가 만들어진 순간부터 여기에 서 있었을 뿐이야.

감성고양이 : 처음부터라구? 여길 벗어나고 싶지 않아?
낭만로보트 : 글쎄, 난 여기서 움직인 적이 없어.

감성고양이 : 단 한 번도? 바닥에 뿌리라도 내린 거야?
낭만로보트 : 그런 건 아니야. 난 충분히 움직일 수 있어.

감성고양이 : 그런데 왜 다른 곳엘 가보지 않아?
낭만로보트 : 이곳을 벗어나야 하는 이유가 내겐 없으니까.

감성고양이 : 저기 골목을 돌아서면 뭐가 있을지 궁금하지 않아?
낭만로보트 : 생각하지 못했어. 그게 내가 이곳을 벗어나야 하는 이유야?

감성고양이 : 움직이지 못하는 홀씨도 바람에 몸을 싣고 멀리 떠난다고.
낭만로보트 : 낯선 곳을 가본다는 건 좋은 거야?

감성고양이 : 그럼 거기에 마냥 서 있는 건 좋은 거야?
낭만로보트 : 처음부터 이래 왔으니까.

감성고양이 : 그 자리에 서 있을 이유는 없어. 바보처럼 굴지 마.
낭만로보트 : 글쎄, 난 잘 모르겠어. 정말 잘 모르겠어.

믿음과 의심 사이

버스를 기다리고 있었다. 금발의 백인 여자가 몇 번을 망설이다 내게 다가왔다. 그녀는 혼자 여행 중인데 급히 화장실을 가고 싶다며, 잠시만 자신의 짐을 맡아 달라고 했다. 아마도 나 역시 커다란 배낭을 가지고 있으니 묘한 동질감을 느꼈던 모양이다. 대개는 이렇게 모르는 사람에게 짐을 맡기는 경우도 없지만, 짐을 맡긴다고 쉽게 맡아주지도 않는다. 나중에 가방 안에 넣어두었던 지갑이 없어졌다고 하는 경우도 있고, 같은 자리에서 묵묵히 기다려준 사람을 짐을 가지고 도망갔다고 누명을 씌우기도 한다.

잠시 망설이고 있는데, 그녀의 표정은 정말 절박해보였다. 하는 수 없이 알겠다고 말하니 고맙다는 말도 없이 서둘러 화장실로 달려간다. 하지만 그 와중에도 몇 번이나 뒤를 돌아보며 자신의 짐이 잘 있는지 살피는데, 갑자기 짜증이 밀려왔다. 애당초 믿지 못할 거면 배낭을 메고 화장실에 들어가든지…. 그 모습에 괜히 짐을 맡아줬구나 하는 후회가 생겼다. 나중에 뭐라고 누명을 씌우는 게 아닌가 싶어서, 때마침 보이는 감시카메라 쪽으로 자리를 조금 옮겼다. 작동이 되는지는 모르겠지만 혹시라도 안 좋은 사태가 발생하면, 저 감시카메라에 담긴 나의 모습이 증거가 될 것 같았다.

잠시 후 그녀는 아까와는 달리 한층 밝아진 모습으로 돌아와 내게 연신 고맙다고 했다. 혹시 몰라 없어진 물건이 없는지 확인해보라고 하자, 괜찮다고 한다. 없어진 물건이 있을 리 없다고 했다. 그리고 처음부터 믿고 맡긴 짐인데, 그런 실례를 범하고 싶지 않다고 했다.

순간 얼굴이 확 달아올랐다. 결국, 의심을 한 것은 그녀가 아닌 나였다.

네가 한 선택에 믿음을 갖는 거야.

그리고 그 길에서 만나는 또 다른 선택이라는 숙제가 끝없이 펼쳐진다 해도, 걱정하진 마. 혹시라도 후회되는 선택을 하더라도 만회할 기회는 충분히 있는 법이니까.

Hongkong

홍콩

사랑 그리고 의심

도시에 어둠이 내리고, 하나 둘씩 불이 켜지면 그렇게 모인 불빛들은 서서히 사람의 감정을 흔들기 시작하지. 어쩌면 에디슨이 발명한 건 '전구'가 아닌 '페르몬'이 아닐까? 한껏 페르몬에 취해 셔터를 눌러대던 나에게 어느새 다가온 여자는 미안하다는 말과 함께 작은 카메라를 내밀며 사진을 한 장 찍어 달라고 했어. 자꾸만 흔들려서 제대로 된 사진을 찍을 수 없다면서 말이야. 불행히도 오늘이 여행의 마지막 밤이라 더는 기회가 없다고 했어.

난 여자의 작은 카메라를 난간 위에 고정시키곤 조심스럽게 셔터를 눌렀어. 너무도 선명하게 찍힌 사진을 보면서 여자는 믿기지 않는다는 표정이었어.

"당신 마술사예요?"

여자는 그동안 흔들렸던 사진들에 대해 보상이라도 받으려는 듯, 내가 알려준 방법대로 난간 위에 작은 카메라를 고정시키곤 한참 동안 사진을 찍어댔어. 그러던 여자는 그 작은 카메라를 내밀면서 또 한 번의 사진을 부탁했어. 이번엔 사진 속에 자신을 넣어서 말야.

그리곤 답례를 하고 싶다고 했어. 진한 커피를 좋아한다면 말이야. 길거리 커피를 마시면서 여행에서 만난 사람들끼리의 통과의례 같은 이야기를 나눴어. 어느 나라 사람인가, 무슨 일을 하는가, 애인은 있는가 하는 뻔한 질문들 말이야.

페르몬 향 물씬 풍기는 야경 때문이었을까? 오늘 처음 본 사이였지만, 우리는 오래전부터 익숙했던 사이처럼 거리감이 없었어. 어쩌면 잠시만이라도 어색함 따위는 멀리 벗어던지고 편안한 시간을 갖고 싶었는지도 몰라.

女 : 전 지금 사랑을 의심하고 있어요. 우린 십 년을 만났어요.
그리고 불 같던 사랑은 한 순간 싸늘하게 식어 버렸어요.
믿기지 않을 만큼 그건 한 순간에 갑자기 찾아왔어요.
그 사람은 더 이상 날 사랑하려 하지 않는 것 같아요.
이젠 끝내야 하나 봐요.

男 : 사랑은 여러 가지 모습을 하고 있어요.
아마 천 가지도 넘을걸요.
사랑이 식은 게 아니에요. 다만 다른 모습으로 변할 뿐이죠.
불같이 뜨겁던 사랑에서 친근한 사랑으로 말이에요.

女 : 맞아요. 우린 이젠 가족 같아요.
남녀 간의 설레는 사랑이 아닌 가족 간의 따뜻한 사랑이 돼버렸어요.
전 그런 사랑을 바라는 게 아니에요.
영화와도 같은 사랑을 꿈꾼다고요.

男 : 영화 속에서의 사랑은 언제나 한결같죠.
몇 번을 다시 봐도 언제나 부드러운 눈길과 달콤한 입술이 있죠.
하지만 현실 속의 사랑은 끝없이 변해가요.
때로는 시시하고 재미없게도 변해버려요.
하지만 영화의 러닝타임이 두 시간이 아니라 십 년이라면 어땠을까요?

나의 물음에 여자는 아무런 대답도 하지 않았어. 다만 무언가 깊이 생각한 여자는 갑자기 견딜 수 없게 지금 의 남자친구가 보고 싶어졌다며, 내게 작별 인사를 할 뿐이었지. 나와 나눈 이야기로 많은 생각을 했고, 그래 서 너무도 고마웠다는 말과 함께 말이야.

우습지? 내 사랑 하나도 어쩌지 못하면서 다른 누군가에게 사랑이 이런 거 다 저런 거다 이야기하는 나의 모습이 말이야. 하지만, 여자는 말과 달리 두 눈으론 남자를 떠나고 싶어하지 않았어. 누구라도 그 순간 만큼은 나와 같 이 말해주었을 거야. 지금 하고 있는 사랑을 놓치지 말라고 말이야.

나와 다른 사람에 대한 예의

그림을 전공한다는 그는 루브르 박물관에서 모나리자를 직접 눈으로 봤는데 너무도 환상적이었다고 했다. 그래서 문을 닫는 시간까지 모나리자만 하염없이 보곤 했다는 그에게, 난 모나리자의 그림이 왜 유명한지 모르겠고 관심도 없다고 말했다.

낯선 여행지에서 만난 동양인 남자에게 그런 이야기를 들은 그는 꽤나 큰 충격이었는지, 어떻게 모나리자에게 관심이 없을 수 있냐며 따지듯 내게 반문했다.

"모나리자가 그렇게 좋아? 모나리자는 무언가 특별한 매력이 있나 보네. 하지만 난 그림을 잘 몰라. 제대로 공부한 적도 없고, 어려서 스케치북에 크레파스로 집이랑 나무를 그렸던 게 전부야. 그러다 보니 내 삶에선 그림이란 그렇게 큰 의미를 차지하지 않아. 난 모나리자에 관심이 없는 게 아니라, 웬만한 그림들 모두에 관심이 없는 거야."

라고 장황하고 말해주고 싶었지만, 좀처럼 나의 발음을 제대로 알아듣지 못하는 그였기에. 조금 설명하다 그만두었다. 자신과 다르다는 이유만으로 사람을 잡아먹을 듯이 구는 그에게 따끔한 한마디를 꼭 해주고 싶었는데, 끝끝내 그는 나의 발음을 알아듣지 못했다.

이해가 안 되면 나를 떠나 다른 길로 가면 그만인데도, 그는 자신도 야시장을 가는 중이라며 내게 동행을 청했다. 그러면서도 끈질기게 왜 자신이 사랑하는 모나리자에 관심이 없는지 이해가 안 간다며 계속 투덜거렸다. 그러거나 말거나 신경을 끊기로 했다.

그러다 문득, 야시장 한 귀퉁이에서 멋진 풍경화를 보았다. 한참을 묵묵히 그 그림만 바라보며 서 있는 내게 그는 정말 이해가 안 간다는 표정을 지었다.

"왜 이름 없는 화가의 그림을 그렇게 오랫동안 보는 건데?"

"나와 교감이 되고 있으니까."

"이 그림은 모나리자가 아니라고!"

"그게 무슨 상관인데? 모나리자를 보고 아무런 감흥이 없다면 모나리자는 나에겐 아무런 의미 없는 종이 조각에 불과한 거야."

"넌 예술을 몰라!"

"그래도 감성은 알아. 그것도 너보다 더 깊이!"

결국 그는 고개를 흔들며 나를 떠나 어딘가로 사라졌다. 사람들은 가끔 자신과 다른 사람을 이해하려 들지 않는다. 두눈박이 세상에서 외눈박이를 괴물 취급하듯이 말이다. 외눈박이 세상에선 두눈박이가 괴물이라는 것을 왜 잊곤 하는 걸까?

나와 다른 사람에 대한 최소한의 예의는 나와 다름을 인정하는 게 아니라, 내가 그와 다름을 인정하는 것에서부터 시작하는 것임을….

나와 닮은
사람

出版到世界
新科技 新地
行五分鐘就到
MK
WILSON
COMMUNICATIONS
One2Free
衛訊
鐳射
CITIC
NOKIA
One2Free

왠지 반가웠다.
낯선 곳에서 만난 낯선 사람이었지만,
나와 같은 모습에 오래전부터 알고 지내온 느낌이 들었다.
커다란 카메라를 들고 정신 없이 셔터를 눌러대는 모습에서
나를 볼 수 있었다.

서로 인사를 나누진 않았지만, 우리는 계속 마주쳤다.
내가 사진에 담으려는 모습이
그녀의 눈에도 매력적으로 보였던 모양이었다.
사진을 찍고 주위를 둘러보면 어김없이 그곳에서
그녀도 사진을 찍고 있었다.

때로는 내 맞은편에 서서, 때로는 내 옆에 서서.

우연히 만난 나와 닮은 사람.
같은 취미를 갖고 있고, 같은 것을 좋아하는 모습에 반가웠지만,
끝내 그녀와 인사를 나누진 않았다.
행여라도 그녀의 카메라에 내가 담겨 있을지도 모른다는
나만의 상상을 굳이 확인하고 싶지 않았기 때문이다.

눈물을 삼킨 인형

우연히,
눈물을 삼킨 인형을 만났다.
그 아픔이 감추려 해도 감출 수 없었는지,
나도 모르게 위로의 손길로 인형을 어루만졌다.

어쩌면,
내 모습 같아서,
나와 같은 아픔을 가지고 있는 것 같아서,
인형과 눈이 마주치는 그 짧은 순간에 왈칵 눈물이 흐를 것만 같았다.

한동안,
그 사람에게 난 특별하다 생각했었다.
사랑한다는 말은 없었지만,
그냥 아는 사람이라고 소개하는 게 다였지만,
다정하게 바라보는 눈빛에서,
따뜻하게 웃어주는 미소에서,
그 사람에게 난 특별하다 생각했었는데…,
아니었다.

그래서,
나 아닌 다른 사람을 사랑하는 모습을 보면서,
그 사람에게 나에 대해 아무 말도 하지 않는 모습을 보면서,
나는 아무런 말도, 아무런 행동도 할 수 없었다.

난 그 사람에게 없어선 안 될,
아주 특별한 인형이었을 뿐이었다.

박물관 견학을 하다가 각국의 동전을 프로타주 기법으로 관람객 스스로가 소개하는 코너를 발견했다. 마침 가지고 온 500원짜리가 있어서 참여했는데 느낌이 색달랐다. 아무도 나를 모르는 낯선 곳에 남기는 나의 흔적은 묘한 흥분으로 다가왔다. 혹시 나를 아는 누군가가 우연히 남긴 나의 흔적을 보게 된다면? 만약, 나를 모르더라도 500원짜리를 기억하는 누군가에게는 반가운 흔적이 되겠지. 이전에 온 누군가의 흔적을 보고 내가 그랬던 것처럼 말이다.

생각해보니 긴 여행 동안 여러 방법으로 담아올 생각만 했지, 나의 흔적을 남기겠다는 생각은 하지 못했다. 어쩌면 처음부터 내가 없었던 곳이었기에, 내가 머물다 돌아가더라도 모든 것이 처음 그대로이길 바랐기 때문일지도 모른다. 마치 나란 존재는 처음부터 없었던 것처럼 말이다.

항상 누군가의 기억 속, 한 부분이 되길 바라지만, 그러한 기대는 언제나 가슴 아픈 실망감으로 돌아오곤 했다. 현실은 그렇게 낭만적이지 못하다는 걸 이젠 너무도 잘 알고 있다. 누군가의 기억에서 잊혀진다는 것은 무척 서글픈 일이다. 그래서 처음부터 누군가의 기억 속에 남으려 하지 않았는지도 모른다.

하지만, 앞으론 많은 곳에 나의 흔적을 남기려 한다. 근사한 레스토랑을 발견하면 주인과, 친절한 호텔을 만나면 매니저와 사진을 나눠 가지려 한다. 즉흥적으로 시를 쓸 수 있다면 한 편의 시를 남길 것이고, 그림을 그릴 수 있다면 멋진 그림을 남길 것이다.

내가 그들을 영원히 기억하길 원하고 바라듯이 어쩌면 그들도 나를 영원히 기억하고 싶어할지도 모를 일이다. 그것이 그들에게 내가 해줄 수 있는 가장 작은 선물이 될 수도 있을 것이다.

잊혀진다는

기억된다는

잊혀진다는

스타의 거리에서 장국영을 만났다.
그는 누구나 부러워할 만한 삶을 살고 있었지만, 심한 우울증에 시달리다
만우절에 거짓말처럼 영화 속 필름 안으로 영원히 사라졌다. 누구보다도 화
려했던 삶을 살았던 그였다. 언제나 자신을 사랑해주는 사람들 속에서 아침
을 맞이했던 그였다. 그가 자살을 선택한 이유는, 영원할 것 같았던 그 사랑
이 장난처럼 시들어갔기 때문이 아닐까?

참으로 정이 많고 마음이 여린 사람이 있었다. 잘 알지도 못 하는 나의 이야기를, 그 사람만큼은 진심으로 걱정해주며 들어주었다. 그리고 그 따뜻한 말 한마디는 말라버린 사막에 내리는 단비 같았다.

그 사람을 다시 만난 건 꽤 많은 시간이 흐른 뒤였다. 반가워하는 나와 달리 그 사람은 조금 어색한 미소와 함께 불편해 하는 모습이었다. 어딘지 모르게 달라진 모습. 예전과 달리 차가워져 있었다.

몇 잔의 술이 오가고 그가 조용히 입을 열었다. 어느 날 너무 몸이 아파 집에서 일주일 정도를 누워 있었다고 했다. 그리고 그 일주일 동안 단 한 명에게서도 전화가 오지 않았다고 했다. 늘 자신이 먼저 누군가를 챙겼을 뿐, 그가 필요할 때 그의 곁에는 정작 아무도 없었다고 했다. 그 후로는 다시는 누구에게도 전화를 먼저 한 적이 없다고 했다.

한 달 만에 동네 친구에게 전화가 왔는데, 퇴근길에 술 한잔 하고 싶은데 다들 바쁘다고 해서 그에게 전화를 했다고 한다. 한 달이라는 긴 침묵의 시간 동안 사람이 그리웠지만, 다들 바빠서 대신 자신을 찾았다는 그 친구가 너무도 미웠다고 했다. 그것이 더 깊은 상처가 되어, 그는 더 이상 상처받고 싶지 않은 마음에 차가워지기로 했다고 한다.

그는 누군가를 덜 사랑하는 방법이라는 건 처음부터 모르는 사람이었다. 그래서 처음부터 독하게 다짐하고 마음을 열지 않게 됐다고 했다. 조금은 억지스러운 결론에 그러지 말라고 말해주고 싶었지만 나 역시도 솔직히 할 말은 없었다. 그날 우연히 그를 만나기 전까지 전화 한 통 하지 않았던 사람 중에 하나가 바로 나였다.

그 앞에서 이야기를 할 수 없었던 나는 훗날 짧은 메일을 한 통 보냈다. 잊혀지는 것과 기억되는 건 동전의 앞 뒷면처럼, 처음부터 하나인 것이라 말했다. 사람들은 잊어버린 게 아니고, 기억해가고 있는 것이라고 말했다.

"잊혀지면 더 이상 기억할 것도 없어지는 것입니다."

그에게서 온 답장은 그게 전부였다. 그 후로, 다시는 그를 볼 수 없었다. 하지만 그는 지금 이 순간 내가 그를 기억하고 있다는 것을 알고 있을까?

맘보를 추던 장국영의 모습이 내 기억 속에 영원히 남아 있는 것처럼 말이다.

홍콩은 지르다

가로

93
Asia's world city

나는 여행을 떠나면 그곳의 대표적인 '탈것'을 꼭 타본다. 필리핀의 지프니가 그렇고, 베트남의 씨클로가 그렇고, 영국의 택시가 그렇다. 홍콩의 트램을 탄 것도 딱히 어딘가를 가기 위함은 아니었다. 홍콩영화에서 무수히 봐왔던 트램을 꼭 한 번 타보고 싶었을 뿐이었다.

트램에 올라타자마자 위층으로 뛰어 올라갔다. 왠지, 놀이기구라도 탄 듯한 기분이었다. 트램을 타고 사진을 찍는 내 모습이 어쩐지 멋있게 느껴졌다. 요란을 떠는 낯선 이방인에게 현지인들은 트램의 가장 좋은 자리인, 위층 맨 앞좌석을 기꺼이 양보해주었다.

길게 뻗어 있는 전용 레일 위로 천천히 달리는 트램은, 홍콩 거리 곳곳으로 날 안내해 주었다. 나는 이것을 '트램투어'라고 이름지었다. 창문을 내리자 가을날씨 같은 홍콩의 선선한 바람이 내 얼굴을 쓰다듬었고, 이어폰을 통해 들려오는 'be the voice'의 〈altogether alone〉이 한층 내 기분을 고조시키고 있었다.

It came, It came like a song in the day, the way I playWhen I get off on a feeling of wheeling and soaring through spaceLike the word what flows, like the lover as it explodes kicking off the start of timeRhyme and reason altogether alone…. -〈altogether alone〉 중에서

천천히 달리는 트램이라 별 어려움 없이 사진도 찍을 수 있었다. 트램에서 바라보는 홍콩의 거리는 유럽과 중국의 모습이 혼재되어 이색적인 거리를 만들고 있었다. 쉬지 않고 셔터를 눌러대는 내 모습이 신기했는지 교복을 입은 학생이 말을 건넸다.

"뭘 그렇게 찍어요?"
"그냥 거리를 찍고 있는 거야."
"신기해요?"

"응."
"나한테는 하나도 안 신기한데, 여기가 왜 신기해요?"
"멋지지 않아? 정말 멋진 곳이야."
"매일 보는 풍경인걸요. 전 이제 지겨워요."
"그럴지도 모르지만, 난 태어나서 처음 보는 홍콩이니까 신기할 수 밖에."
"그럼, 빅토리아피크에서 찍어요. 거기에서 많이들 찍던데."
"난 트랩에서 찍는 게 좋아. 진짜 홍콩 안으로 들어온 기분이니까."

학생은 그래도 몇 곳을 추천해줄 테니 꼭 가보라며 내가 들고 있는 지도에서 세 군데 정도를 찍어줬다. 언젠가 다시 온다면 그때라도 꼭 가보라면서 말이다.

십 년이 지난 후에 홍콩의 모습은 어떻게 변해 있을까?
이십 년이 지난 후에도 트랩은 여전히 홍콩의 거리를 누비고 있을까?
삼십 년이 지난 후에 지금 내가 찍은 사진들을 보면 어떤 기분이 들까?

혹시라도 내가 홍콩을 다시 찾게 됐을때, 학생과 나는 그때도 서로의 어깨를 살짝 스치며 지나갈지도 모른다. 그게 아니라면, 지금처럼 같은 트랩을 타게 될 수도 있다. 하지만, 우리는 서로를 알아보지 못할 것이다. 트랩에서 우연히 만나 친절을 베푼 학생은 훗날 몰라볼 만큼 멋진 여성이 되어 있을 테니. 아니, 어쩌면 똑같은 자리에 앉아 지금처럼 마구 셔터를 눌러대면 고맙게도 그녀가 날 먼저 알아볼지도 모르겠다.

거짓과

no
진실

계산을 하다 떨어진 사진 한 장을 네가 줍는다.

"누구?"
"친구."
"친구 사진을 왜 가지고 다니는데?"
"내겐 소중한 사람이니까."

진실을 말하려다 거짓을 말한다.
"날 귀찮게 구는 여자가 생기면 보여주려고."

사진을 건네주며 너는 말한다.
"성공했네."

사진을 넣으며 나는 말한다.
"나쁘지 않네."

한동안 너는 말이 없어진다.
그러다 너는 굉장한 수다로 나를 당황하게 한다.

"그렇게 빠르게 말하면 내가 못 알아듣잖아."
"천천히 말해도 당신은 늘 못 알아들어."

너는 낯선 술집으로 날 안내하고 많은 친구를 소개해준다.
그리고 그중에 한 사람을 연인이라며 정중하게 소개해준다.
우리는 웃으며 악수를 나눈다.

여전히 너는 우울한 표정으로 시위를 한다.
여전히 나는 너의 시선을 외면한다.

아무것도 모르는 너의 연인은 나에게 과도한 친절을 베푼다.
그것이 못내 불편해 나는 각자에게 짧은 인사를 하고 자리를 떠난다.

그렇게 너는 남겨지고, 나는 떠난다.

사람은 누구나 태어나는 순간부터 끝없이 무언가를 선택해야 하는 숙제를
가지고 있어. 오늘은 뭘 먹을까 하는 사소한 문제부터 이 사람이 정말 나의
반쪽일까 하는 일생일대의 중요한 순간까지 말이야.

잘못된 선택에 몸서리치는 후회를 하게 되기도 하고 옳은 선택에 기쁨을 참
지 못하고 미친 듯이 거리를 뛰어다니게 되기도 하지만, 중요한 건 그것이
다른 사람이 대신 해줄 수 없는 자신만의 숙제라는 거지.

두 개의 갈림길에서 가보지 않은 길에 대한

미련은 애초부터 갖는 게 아니야. 그것은 자
신의 선택을 후회하게 만들 뿐이잖아.

네가 한 선택에 믿음을 갖는 거야. 그리고 그 길에서 만나는 또 다른 선택이
라는 숙제가 끝없이 펼쳐진다 해도, 걱정하진 마. 혹시라도 후회되는 선택
을 하더라도 만회할 기회는 충분히 있는 법이니까.

그래, 그렇게 당당히 너의 길을 걸어가면 되는 거야.

李錦記
YAT FAT
STATIONERS
粟文具
99
57
正官庄
香港富蘭克林佈道大會
Hong Kong Franklin Graham Festival
Hong Kong Stadium 2007 11.29-12.2
Shaukeiwan
www.hkfgf.org   www.mp4u.hk
2233 9022
960
Fubon
富邦銀

우연

카메라 렌즈 너머로 그들의 모습을 보게 된 건 너무 멋진 행운이었다. 그들이 나누는 이야기가 들리지는 않았지만, 남자의 눈빛에서 여자의 미소에서 '사랑'을 느낄 수 있었다.

트랩은 어느 순간 앞뒤가 붙을 정도로 가깝게 서는 경우가 있는데, 정거장에 멈출 때와 신호등 앞에서 대기할 때가 그랬다.

그들을 태운 트랩의 맨 뒷좌석과 나를 태운 트랩의 맨 앞좌석이 만났다. 남자는 연거푸 셔터를 눌러대는 내게 오히려 익살스러운 표정으로 손까지 흔들어 주었다. 그렇게 몇 번의 정거장을 더 지나자, 남자는 더 이상의 호기심을 참지 못하고 트랩의 창문 너머로 고개를 내밀고 내게 말을 걸었다.

"어디 가는 중이야? 우린 코즈웨이 베이(causeway bay)에 가는 길인데."
"난 트랩투어 중이야. 가장 싸고 멋지게 홍콩의 거리를 구경할 수 있거든."
"그래? 그거 멋지다. 우린 방금 결혼한 부부야."
"축하해. 그렇지 않아도 서로 바라보는 눈빛이 너무 사랑스러워 보였어."
"우릴 찍은 거야?"
"응, 너무 예뻐서."

짧은 정차 시간이라 맘 편히 긴 대화를 나눌 수는 없었지만, 트랩이 나란히 멈춰 설 때마다 우리는 끊겼던 이야기를 계속 이어나갔다.

사진 속 그들은 여느 연인들처럼 나란히 옆에 앉아 서로의 손을 잡아주고 있진 않았다. 하지만, 서로를 바라보는 눈빛에서 말하지 않아도 감출 수 없는 깊은 사랑이 흐뭇하게 흘러 나오고 있었다.

그 모습은 쉽사리 잊히지 않는 아름다운 기억으로 내 가슴에 남았다.

항해

세계 구석구석을 비행기로 연결하고 있는 지금, 배를 타고 여행을 한다는 것은, 어찌 보면 여러 모로 비효율적이었다. 반나절에 갈 수 있는 같은 거리를 며칠을 걸려서 가야 하는 점도 그렇고, 그 길고 긴 시간을 배라는 한정된 공간에서 보내야 한다는 점에서도 그렇다. 그럼에도 난 시간적 여유만 있다면 비행기보다 배를 더 선호한다. 다름 아닌 비행기가 줄 수 없는 배만의 절대적 낭만이 있기 때문이다.

아무리 둘러봐도 바다밖에 보이지 않는 망망대해 한 복판에 있다는 사실에 묘한 스릴이 생긴다. 제임스 카메론의 영화 '타이타닉'처럼 갑작스런 침몰이 될 수도 있다는 상상은 짜릿한 스릴을 느끼게 한다. 고어 버빈스카의 영화 '캐리비안의 해적'처럼 유령선을 만나는 상상도 맘껏 할 수 있다.

이러한 상상이 아니더라도, 실제로 바다 한가운데서 만나는 한 무리의 돌고래 떼는 진한 감동을 선사한다. 밤이면 쏟아질 듯 빛나는 별들은 로맨틱한 분위기를 만들고, 갑판 위의 축제는 여행의 피로를 말끔히 씻어준다.

나는 여러 교통수단을 이용해서 여행을 해봤다. 비행기, 배, 기차, 자동차 등, 세상에 존재하는 모든 교통수단을 다 이용해보았지만, 딱 한 가지 아직 이용하지 못한 교통수단이 있다. 바로 잠수함이다. 잠수함을 타고 떠나는 여행은 얼마나 멋질까? 깊은 해저의 어둠을 뚫고 바닷속 풍경을 마음껏 감상하면서 여행을 다니고 싶다.

세상 모든 사람들이 여행에 대한 열정을 멈추지 않는다면, 생각지도 못 했던 다양한 종류의 여행상품들이 나올 테고, 언젠가는 나를 지독한 여행 중독자로 만들지도 모른다. 그리고 이러한 일들은 언제든지 대환영이다.

친구는 내 편이었지만, 나는 그날 저녁 내내
마음이 쓰여서 편안히 잠을 잘 수 없었다.
그 남자는 지금도 세나도 광장 어딘가에서
누군가에게 자신의 사정을 이야기하고 있을지도 몰랐다.

Macau

마카오

현재 성당 입구의 벽면과 지하 납골당만이 남아 있는 성 바오로 성당은 시내 한복판에 서 있는 느낌이다. 세나도 광장을 지나 성 바오로 성당까지 가는 길엔 각종 상점과 주택들로 가득 차 있었기 때문이다. 유적지로 가는 길이 맞나 하는 의구심이 생길 즈음, 기적처럼 눈앞에 성 바오로 성당이 나타났다.

성 바오로 성당은 유적지라는 느낌보다는 우리나라의 대학로 같은 분위기다. 젊은이들이 자주 찾는다는 세나도 광장과 가깝기 때문이기도 하지만 별다르게 관리되고 있지 않은 분위기 때문이기도 하다. 유적지라면 경비도 있

고, 들어가기 위해선 어느 정도의 입장료도 받을 텐데, 성 바오로 성당에는 그 모든 절차가 없었다.

'그래도 유적지인데' 하는 마음에 걱정이 되기도 했지만, 현실과 단절된 채 관광객에게 구경거리가 되어버린 유적지보다는, 제 수명을 다하는 그날까지 사람들과 함께 호흡하는 성 바오로 성당의 모습도 나쁘진 않았다.

아는 사이

우리 알고 지낸 지 몇 년이지?
십 년 됐나?

길다…, 우리 연인 사이였으면 헤어져도 수십 번은 헤어졌겠다.
글쎄…, 수십 번을 다시 만났겠지.

자긴 왜 결혼 안 해?
그러는 넌?

아직까지 짝을 못 만났나 봐.
나도 비슷한 거 같은데?

친구들도 다 결혼하고 이젠 자기 하나 남았네.
갑자기 웬 결혼 타령이야?

그냥 문득문득 결혼 생각이 나는 거지. 나이가 있으니까.
아무나 골라 잡아서 시집가야겠네.

자긴 내가 아무 남자 만나서 시집가 버렸으면 좋겠어?
나 같은 놈 옆에 계속 있어봤자 사람들이 오해나 하지.

자긴 이미 나한테 가족 같은 사람인데 오해는 무슨.
가족 같은 사람이라…, 그리고 보면 남녀가 결혼하면 결국 가족이 되는 거잖아.

자긴, 나 결혼하기 전에 절대로 먼저 결혼하지 마라. 나 우울해질 것 같아.
그러시든지요.

이젠 우린, 너무 익숙해져 버린 기분이야. 이 느낌 참 좋아.
그러게.

나 말이야, 내 가슴을 뛰게 하고, 나를 포기하게 만드는 남자를 만나고 싶어.
그래 봤자 그 다음엔 정들어서 사는 거지.

자긴 '이 여자다'라는 느낌이 들 때 없어? 마구 보고 싶고 안고 싶고 그러는.
난 설렘보다 익숙함을 더 좋아하는 사람이야.

그래?
나중에 나란히 앉아서 해지는 걸 함께 바라볼 수 있는 사람이면 족해.

지금 저 해처럼?
응.

지금 우리처럼?
응, 지금처럼.

세나도 광장에서 만난 남자

마카오에선 유난히 많이 걸어 다녔다. 이국적 느낌이 가득한 거리가 맘에 들어서기도 하고, 생각보다 크지 않기 때문이기도 했다. 조금만 걸어도 내가 가려고 하는 곳이 금방 나타났다. 가끔은 걷는 걸 중단하고 버스를 이용하기도 했는데, 안내방송이 잘 되어 있어 쉽사리 내려야 할 곳에 내릴 수 있었다.

그렇게 도착한 세나도 광장의 첫 느낌은 자유와 젊음이었다. 광장이라고 하기엔 터무니없이 작은 곳이었지만, 그 안은 왠지 모르게 생기가 넘쳐났다. 그것은 낯선 이방인에 대해 별다른 거부감이 없는 모습이라 마음에 들었다. 나도 그 분위기에 흡수되고 싶은 마음에 세나도 광장 바닥 한복판에 앉아서 커피 한 잔을 마셨다.

"어디에서 왔어요?"
"한국이요."
"아, 그래요? 저도 한국 사람이에요. 반갑네요."

영어로 이야기하던 남자가 순간 우리나라 말을 하기 시작하자 왠지 모를 낯섦이 밀려왔다. 정말 오랜만에 듣는 우리나라 말이었다. 하지만 반갑지는 않았다. 외화를 더빙으로 보는 듯한 이질감이 들며, 어렵게 나온 외국에서의 설렘을 한 순간 깨버리는 듯한 느낌을 받았기 때문이다.

물론, 늘 그런 건 아니다. 긴 배낭여행의 경우에는 곳곳에서 만나게 되는 우리나라 사람들이 어찌나 반가웠는지 모른다. 게다가 우리나라 사람이라는 이유만으로 모두들 금방 친해지고, 서로 무언가 도움을 주려고 안달이었다. 한동안 사용할 수 없었던 우리나라 말에 대한 일종의 향수병도 어느 정도 치유해주기도 했다.

하지만, 오늘만큼은 그 누구의 방해도 받고 싶지 않은 기분이어서 더 그랬는지도 모른다. 적당히 핑계를 대고 자리를 옮기려고 하는데, 대뜸 남자가 내 손을 붙들었다.

"혼자 왔어요? 친구들은?"

남자의 인상이 조금은 험상궂게 생겼던 탓에, 혼자 왔냐는 물음이 순간 나를 긴장하게 만들었다. 마치 먹이를 노리는 사자가 사냥에 앞서 사전 답사를 하는 분위기였다.

"아니요. 친구들은 지금 리스보아 호텔 카지노에서 놀고 있어요."

혹시나 무슨 일이 생기지는 않을까 하는 걱정에 거짓말을 했다. 그리고 주머니에서 핸드폰을 꺼냈다. 언제든지 쉽게 누군가와 연락을 취할 수 있다는 것을 보여주기 위함이었다.

"그렇군요, 왜 함께 가지 않았어요?"
"도박을 별로 좋아하지 않아서요. 조금 있다가 친구들과 만나기로 했어요."
"도박이라기보다는 게임일 수도 있죠."
"전 마카오에 게임을 하러 온 건 아니라서요."
"아, 사업 때문에 오셨나요?"
"아니요. 그냥 마카오의 거리를 보러 왔어요."
"아, 좋네요."

여기까지의 대화는 그런대로 좋았다. 꼬치꼬치 캐묻는 듯한 남자의 질문이 짜증스럽기도 했지만, 뭔가 사연이 있는 듯한 남자의 표정이 나의 호기심을 자극하고 있었다. 하지만 조금 더 대화를 나누자 남자는 본색을 드러냈다.
"제가 카지노에서 돈을 좀 잃어서 그런데요."

순간 머릿속이 하얗게 변했다. 싫었다. 그 자리를 박차고 일어나고 싶었지만 그 역시 쉽진 않았다. 기적 같은 일이 일어난 건 그때였다. 여행 내내 단

한 번도 울리지 않던 내 전화가 요란하게 울리기 시작한 것이다. 나도 놀랐지만, 남자 역시 놀란 표정이었다.

"야! 혼자 여행 가더니 연락도 없고, 죽었냐 살았냐?"

내가 외국으로 여행을 나갈 때마다 무슨 일이 생기면 당장 오겠다며, 늘 비행기 값을 마련해두는 친구였다.

"응? 카지노에서 나왔다고? 지금 호텔로 들어간다고? 알았어."
"얘가 갑자기 무슨 소리야?"
"나? 지금 세나도 광장이야. 이리로 오겠다고? 아니야 내가 택시 타고 갈게."
"뭔 소리야? 뭔 일 있어?"
"그래, 지금 빨리 갈게."

나는 남자에게 눈으로 인사를 하고 서둘러 그 자리를 벗어났다. 남자는 손을 뻗어 내 팔을 잡으려 했지만, 난 서둘러 택시를 잡고 출발해버렸다. 택시가 세나도 광장을 벗어나고 있는데, 친구의 다급한 목소리가 들렸다.

"너 정말 무슨 일 있어?"
"아니야, 잘 지내지?"

자초지종을 들은 친구는 그제서야 이해가 됐다며 놀란 가슴을 쓸어내리는 듯했다.

"그 남자 정말 절박한 상황이었는지도 몰랐는데, 도와줄 걸 그랬나?"
"됐어. 그런 사람들보다 절실히 도움이 필요한 사람들이 얼마나 많은데."
"그렇지? 나 나쁜 놈 아니지?"
"그래, 아니야."

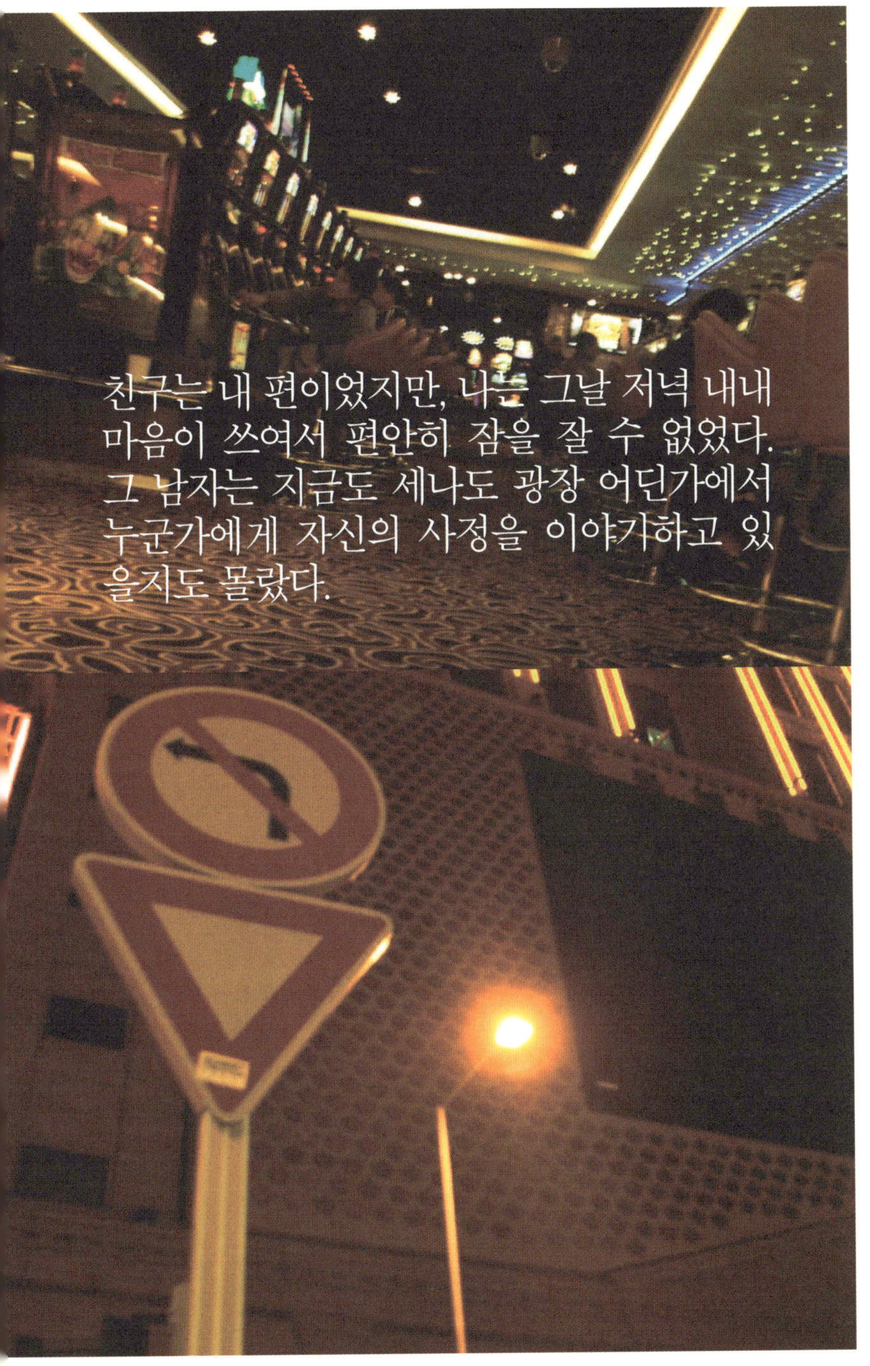

친구는 내 편이었지만, 나는 그날 저녁 내내
마음이 쓰여서 편안히 잠을 잘 수 없었다.
그 남자는 지금도 세나도 광장 어딘가에서
누군가에게 자신의 사정을 이야기하고 있
을지도 몰랐다.

오렌지빛 밤거리

카지노와 떨어진 마카오의 밤거리는 온통 오렌지빛으로 물들어 있었다. 그렇게 늦은 시간도 아니었는데 거리는 가끔 도둑 고양이만 보였다. 그 외에는 쉽사리 사람의 그림자도 볼 수 없는 한적한 분위기였다. 그 덕에 나는 마음 편히 마카오의 골목 구석구석을 천천히 거닐 수 있었다. 중국과는 달리 유럽의 문화가 깊이 들어와 있었던 까닭에선지 마카오의 거리는 꽤나 이국적인 모습으로 다가왔다.

그런데, 그 이국적 매력에 빠졌던 나는 결국 늦은 새벽 길을 잃어버리고 말았다. 눈에 익지도 않은 거리를 너무 멀리까지 돌아다닌 것도 문제였지만 여기저기 아무 생각없이 돌아다니다보니, 그만 방향감각마저도 잃어버린 것이다. 그제서야 오렌지빛의 낭만적이던 밤거리가 무서워졌다. 저 골목을 돌면 무엇이 튀어나올지 몰라 몇 번이나 미리 살피면서 걸어나갔다. 긴장한 탓이기도 했지만, 기억날 것 같은 골목도, 지나왔던 골목인지 새로운 골목인지 혼란스럽기만 했다. 결국, 모든 것을 포기한 채 저 멀리 보이는 휘황찬란한 카지노를 향해 쭉 가기로 마음먹었다. 적어도 저곳에 가면 사람도 있고 택시도 있을 것 같았다. 한 시간 정도 걸어야 할 정도의 거리로 보였지만 달리 방법은 없었다.

그러다 경찰을 만났다. 커다란 카메라를 한 손에 들고 너털너털 걷고 있는 내가 의심스럽게 보였는지 경찰은 나를 불러 세웠다. 자초지종을 설명하자 경찰은 자신이 타고온 자전거 뒤에 타라고 손짓했다. 성의는 고마웠지만 괜찮다고 하니, 조금 멀지 않은 곳에 큰 길이 있다고 알려주곤 사라졌다. 그 경찰이 알려준 대로 가보니, 신기하게도 그곳은 내가 머물고 있는 호텔 바로 앞이었다. 결국, 난 같은 곳을 뱅뱅 돌고 있었던 모양이었다.

그렇게 한밤의 달콤한 꿈처럼 오렌지빛
밤거리 산책은 끝이 났다.

아디오스

남자는 걸음을 멈췄다. 비단 신호등의 멈춤 신호 때문이 아니었다. 곁에 서 있던 여자는 아무런 말도 하지 않았다. 다만 남자를 기다릴 뿐이었다. 오랜 침묵 끝에 남자는 나지막이 입을 열었다.

"그런 적 있어요? 헤어졌던 사람을 우연히 길에서 만나는… 그런 적이요. 머릿속이 하얗게 변하고 그 순간 몸은 경직돼버리죠. 그리곤 빠르게 영화처럼 함께했던 시간들이 지나가요. 그러고 싶지 않은데 불가항력처럼 아니 그럴 생각조차 하지 않았는데 말이죠."

여자는 그런 경험이 없었다. 다만 영화나 드라마에서 본 모습을 떠올리며 어느 정도 남자의 얘기를 이해할 수 있을 뿐이었다. 남자는 담배를 찾았지만 방금 나왔던 까페에 두고온 걸 알았다. 여자는 남자의 모습이 왠지 불안해보였다. 남자의 시선을 쫓아 멈춘 곳엔 커다란 광고사진이 전부였다. 그리고 그 안엔 한 여자가 자신과 남자를 번갈아보고 있었다.

짧은 순간이었지만, 남자는 여자의 곁에 있음에도 곁에 없는 듯했다.

신호가 바뀌자 남자는 길을 건너기 시작했다. 여자는
남자의 걸음에 맞춰 함께 길을 건너기 시작했다. 길을
다 건너자 여자는 남자에게 인사를 건넸다. 그리고 손
님을 기다리고 있던 택시에 올라탔다. 남자에게 여자는
무언가 말을 하려다 입을 다물었다. 그리고 여자가 마
지막으로 한 말은 한 마디뿐이었다.

"아디오스(Adios)."

남자는 여자를 붙잡지 않았다. 대신 멍하니
고개를 들어 광고사진 속 한 여자를 한참
바라볼 뿐이었다.

소통

얼마냐고 묻자 그는 우리나라 말로 대답했다. 지갑을 꺼내면서도 그가 우리나라 말로 대답한 걸 인식하지 못했다. '맛있게 먹어요'라는 마지막 그의 발음이 정확했다면 끝내 알아채지 못했을 것이다. 왠지 어색한 발음을 듣고서야 그가 우리나라 말을 했다는 걸 깨달았다.

"한국말 할 줄 알아요?"
"조금요."
"어떻게 알아요?"
"한국에서 일했어요."

사실, 많은 외국인이 한국에서 일하고 있으니 놀라운 일은 아니었다. 그저 반갑고 신기할 뿐이었다. 신기한 표정으로 자신을 바라보는 내가 부담스러웠는지 그는 손을 뻗어 내 눈을 가리려고 한다.

더 많은 이야기를 나눠보고 싶었지만, 그는 우리나라 말을 생각만큼 잘하진 못했다. 그리고 그가 나와 달리 한가해보이지도 않았다.

그 후로, 나는 그를 기억했고 그는 나를 기억했다. 오가는 길에 눈이 마주치면 그는 눈썹을 올리며 인사를 했다. 그러면 나는 손을 흔들어줬다.

그가 우리나라 말을 단 몇 마디했을 뿐인데, 우리 사이를 막고 있던 벽은 허물없이 무너져버린 것이다. 장사를 하는 그였기에 비록 상술이었다고 해도 상관은 없었다. 낯선 곳에서 우리나라 말로 소통을 할 수 있다는 건 분명 기분 좋은 경험이기 때문이다.

잠시 쉬다

여행은 쉼 없이 달려온 일상의 쉼이다.
그런 이유로 난 빡빡한 일정의 여행을
좋아하지 않는다. 아무런 계획도 없이
잠시 쉬다 돌아가는 것.
그것이 내가 원하고 꿈꾸는 여행이다.

여행을 위해 들어간 비용과 어쩔 수 없이 정해진 시간을 생각하면, 하나라
도 더 보기 위해 정신 없이 돌아다니게 되기도 하지만, 그렇게 되면 여행은
쉼이 아닌 또 다른 일이 돼버리고 만다. 패키지 여행에 익숙한 사람들은 그
래서 나와 여행을 하면 무척이나 답답해 한다.

가끔은 돌아올 날을 정하지 않고 여행을 떠나기도 한다. 그 긴 여행을 끝내
고 돌아오면 사람들은 그곳에 가서 뭘 했었냐고 묻는다. 그러면 그냥 살다

왔다고 한다. 책도 보고, 음악도 듣고, 거리를 돌아다니고, 배고프면 이것저 것 사먹기도 하면서….

그런 면에서 마카오에서의 생활은 나쁘지 않았다. 특히, 세나도 광장도 그 랬고, 성 바오로 성당도 그랬고, 몬테 요새도 그랬다. 모든 것이 일상과 동떨 어져 있다는 느낌이 아니었다. 관광객이 득실거리는 곳이라기보다는, 현지 인들의 쉼터 같은 분위기여서, 나도 그들 틈 사이로 흡수되어버리면 그만이 었다.

쉼 없이 달려온 일상에서 잠시 멈춰 쉬었다 가는 것.
그것이 여행이다.

남자의 마지막 장난감

"남자들은 왜 그렇게 차에 집착을 하는 건데?"
너는 카페에 들어오자마자 흥분을 멈추지 못하고 쏟아붓기 시작했다.

"괜찮은 남자라고 생각했는데, 너무 자격지심이 강해서 바보처럼 보였다구."
너는 얼음물을 먼저 부탁했고, 단숨에 그 큰 잔의 물을 말끔히 비워냈다.

"그 사람 차가 오래된 중고차였는데, 계속 이런 차로 모셔서 미안하다잖아."
너는 어느 정도 진정이 됐는지 긴 한숨을 내쉬었다.

"처음엔 그냥 그랬는데, 계속 그 이야기만 하는 거야. 슬슬 짜증 나더라고."
너는 말을 하면서 명품 핸드백에서 담배를 꺼냈다.

"그러다가 스포츠카가 지나갔고, 그냥 저 차 참 멋지다고 했을 뿐이야."
너는 담배를 다 피우고 이번엔 커피에 각설탕을 하나 넣고 젓기 시작했다.

"그런데, 계속 말을 안 하는 거야. 한참 동안이나 말이야."
너는 뜨거운 커피를 솔솔 불어가며 한 모금 조심스럽게 삼켰다.

"왜 그러는지 알지. 자존심이 상한 거야. 남자가 소심해 가지고."
너는 손을 들어 다시 한 잔의 얼음물을 추가로 부탁했다.

"아무튼, 차가 그렇게 중요해? 남자들은 다 그래?"
너는 입이 있으면 변명을 해보라는 표정으로 날 바라봤다.

"여자들이 명품 가방에 집착하는 것과 같은 게 아닐까?"
너는 이런 내 말에 발끈했다.

"여자들이 명품 가방에 집착한다고 누가 그래?"
너는 이제 나에게 화를 내고 있었다.

"남자나 여자나 그 대상이 다를 뿐, 무언가에 집착하는 건 다 똑같잖아."
너는 나의 말에 결코 수긍할 수 없다며 흥분하기 시작했다.

"좋아, 하지만 여자들은 명품 가방 때문에 그렇게 소심하게 굴진 않는다고."
너는 이제 여자의 입장을 대변하고 있었다.

"그건, 남자들이 여자의 명품 가방에 별 관심이 없으니까 그렇지."
너는 내 말이 이해가 되지 않았는지 큰 눈을 동그랗게 떴다.

"남자들은 여자의 명품 가방을 보고 그 여자를 평가하지는 않는다는 거야."
너는 내 말이 끝나기 무섭게 반론하기 시작했다.

"그 말은 여자들은 남자들의 차를 보고 그 남자를 평가한다는 거야?"
너는 몹시 흥분했다.

"그런 뜻은 아니야. 괜히 내 말에 트집 잡으려 하지 마."
너는 잠시 말을 멈췄다.

"그만하자. 무슨 일이 있었는지는 모르겠지만 나에게 화낼 필요는 없잖아."
너는 고개를 끄덕이며 내게 잠시 흥분해서 미안하다고 했다.

"사실, 그 남자가 좋아졌는데, 차가 뭐라고….."
너는 한풀 죽은 듯한 목소리로 말했다.

"난 그냥 그 사람의 가능성을 믿었는데 그 사람은 아닌 거 같아."
너는 고개를 돌려 창밖의 거리를 바라보기 시작했다.

“그 사람, 나랑은 맞지 않나 봐.”
너는 그 말을 끝으로 더 이상 아무 말도 하지 않았다.

창밖으로, 쿠퍼 두 대가 나란히 지나가고 있었다.

와인에
취하다

BARCA-VELHA
1983
MOP$ 3000
MADEIRA
VERDELHO 1972
MOP 1500
MADEIRA
SERCIAL 1971
MOP 1500
SERCIAL
1937
MADEIRA
BOAL 1977
MOP 1200
LEACOCK'S
VERDELHO
1954
MOP$ 2000
BLANDY'S
BUAL
MOP$ 2500

그랑프리 박물관과 와인 박물관은 나란히 붙어 있었다. 패키지로 두 박물관을 마음껏 볼 수 있는 티켓을 끊고 안으로 들어가니 진한 포도향이 내 코끝을 자극했다. 수백 가지가 넘는 이 세상의 모든 와인이 모여 있는 듯했고, 박물관답게 포도 재배에서 와인 생산까지를 각종 자료와 모형으로 알기 쉽게 재현해놓았다.

여기서 내가 가장 좋아했던 건, 이곳에 들어오기 위해 끊었던 티켓을 제시하면 무료로 와인 한 잔을 준다는 점이었다. 입구에 들어서니 소믈리에가 내게 티켓을 보여 달란다. 그리고는 여러 종류의 와인 중에 선택을 하란다. 다 맛보고 싶다고 했더니 웃으면서 그러면 취해서 안 된다고 한다. 대신 선택을 못하겠다면 골라주겠다고 한다. '드라이'한 것이 좋은지, '스위트'한 것이 좋은지를 시작으로 몇 가지 간단한 질문을 하던 소믈리에는 장미향 가득한 와인을 내게 권했다.

입안 가득 장미향이 퍼지는 게 신기하기도 하고, 맛도 좋아서 천천히 와인이 풍기는 멋을 즐겼다. 소믈리에는 잔이 비워지자 한 잔 더 하겠냐고 물었다. 그럴 수 있느냐고 묻자, 잔을 채워주며 원래는 안 된다며 웃었다. 그렇게 연달아 두 잔을 비웠더니 와인도 술인지라 살짝 취기가 올라왔다. 약간의 어지러움, 그리고 나도 모르게 즐거워지는 기분. 그 느낌이 좋았다.

소믈리에와 인사를 나누고 와인 박물관을 나와 어두워지는 거리를 와인에 취해 걸었다. 살짝 취한 기분과 함께 선선한 바람이 이국적인 마카오의 거리를 훑고 지나갔다. 그 바람이 와인처럼 부드러웠다.

생각지도 못 했던 일

마카오를 끝으로 모든 여행을 마치고 우리나라로 돌아가기 위해 선전으로 가는 배가 있는 마카오 페리터미널로 향했다. 그곳에서 생각지도 못 했던 문제가 생겼다.

비자가 문제였다. 3개월 비자라는 여행사의 말만 듣고 복수비자인지를 확인하지 않았던 게 화근이었다. 베이징을 통해 들어와, 선전에서 홍콩으로 넘어오면서 자연스럽게 내 비자는 끝이 나버렸던 것이다. 이미 정해진 비행기 시간 때문에 밀입국이라도 하고 싶은 심정이었다. 이미그레이션의 직원이 난감해 하는 내 표정을 읽었는지 우선 배를 타고 선전에 가면 그곳에서 빠르게 비자를 받을 수 있다고 했다. 원래는 통과가 안 되는 것 같았는데, 편의를 봐준 건지는 모르지만, 몇 번을 고맙다고 하고 배에 올랐다.

선전에 도착하니 직원의 말대로 비자를 발급해주는 여행사가 이미그레이션으로 들어가는 입구 바로 앞에 있었다. 비자가 없다고 말했더니 500위안이란다. 터무니 없이 비싸서 항의했지만, 달리 방법은 없었다.

여행을 하다 보면 생각지도 못 했던 일이 참 많이 일어난다. 대부분 하나의 에피소드로 넘겨버리게 되지만, 이번에는 너무나 기초적인 실수라 내가 생각해도 어이없고 창피한 일이었다.

마카오 이미그레이션 직원이 통과를 시켜주지 않았다면, 난 며칠을 비자 문제를 처리하기 위해 마카오에 머물러야 했을지도 모르고, 비행기 역시 놓쳤을 것이다. 여유롭게 여행을 하는 것도 중요하지만, 하나하나 꼼꼼하게 준비하고 챙기는 것이 진정 여행을 여유롭게 만드는 것이 아닐까 싶다.

기억을 남기고
기억을 담아오다

언제부터 알게 되었던 것일까?
세상은 나를 중심으로 돌아가지 않고 있었다는 진실을.

내가 없으면 큰일 날 것 같은 회사 일도 결국엔 처음부터 나란 존재가 없었던 것처럼 아무일 없이 돌아간다. 내가 없어도 세상은 늘 변함없이 잘 돌아간다.

그렇기에 잠시 떠난다 한들 무슨 일이 있겠는가?

여행을 망설이던 적이 있었다. 내가 없으면 안 될 것 같아서 쉽게 떠날 결심을 하지 못했는데, 그로 인해 여행을 망설였던 건 기우(杞憂)에 불과했다는 사실을 이제는 알게 되었다.

이제 난 쉽게 여행을 떠난다. 나 없는 동안을 걱정하는 사람들에게 '아무일 없이 모든 건 잘 돌아갈 거야'라는 말만을 남기고 홀쩍 떠나는 것이다. 그렇

게 떠난 여행은 또한 끝내야 하는 시점은 없었다. 내가 끝내야겠다고 마음 먹을 때가 비로서 끝나는 날이기 때문이다.

내가 만났던 사람들, 머물렀던 곳, 먹었던 음식들 그 모든 것의 기억은 그곳에 남겨두고 돌아온다. 마치 달콤한 꿈을 꾸었던 것처럼, 진한 아쉬움과 그리움이 혼합되어 몸을 휘감아 돈다. 기억은 추억이 되어 내 가슴에 깊이 남게 되는 것이다.

짧고 길었던 여행이 끝나가고 있었다.

Epilogue

기다려줘서 고마워

"돌아온 거야?"
"아직."
"언제 와? 보고 싶다."
"곧 돌아갈 거야."
"응, 빨리 와. 할 이야기가 너무 많아."

여행을 끝내고 돌아갈 곳이 있다는 것.
누군가 나를 기다려 준다는 것.
그리고 일상으로 돌아가 또 다시 살아간다는 것.

늘 곁에 있어서 잊고 있던 내 사람의 소중함.
다람쥐 쳇바퀴 돌듯 매일 반복되는 삶 속에서 점점 지쳐갔던 내 모습.

이 모든 것이 돌아가는 비행기 안에서 내 머릿속을 맴돌고 있어.
망망대해에서 끝없이 표류함을 결코 여행이라고 말할 수 없듯이,
끝이 없는 여행은 결코 여행이 아니지 않을까?

이제 돌아가.
그리고 돌아가기 위해 난 여행을 했던 거야.

그리고,
이런 날 잊지 않고 기다려줘서 고마워.

낙서

내일이면 모든 것은 한 장의 추억으로 남을 것이다.

어쩌면 이 책은 낙서다.
그림을 못 그려서, 대신 사진을 붙여 놓고,
그동안 하고 싶었던 말들도 죄다 적어 놓은 나의 낙서다.

나의 낙서를 본 사람들이 어딘가로 무작정 여행을 떠났으면 좋겠다.

마지막으로, 이 책을 위해 기꺼이 지갑을 열어준 당신에게 가장 큰 고마움을 전합니다.